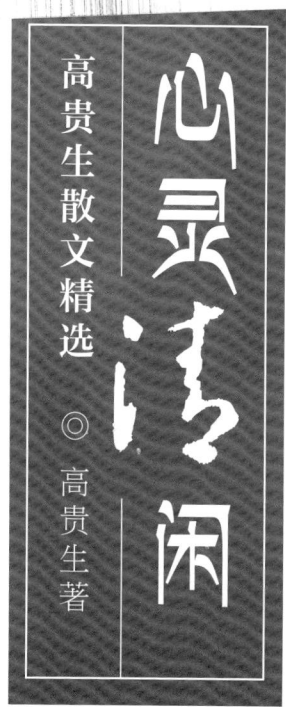

高贵生散文精选

心灵清闲

高贵生 著

上海文化出版社

六十自述（代序）/ 5

第一辑

心灵清闲 / 11

酣畅栖居 / 15

静享孤独 / 19

心喜安详 / 23

解读"知止" / 26

厚道养生 / 29

人生"四然" / 32

生命的内涵 / 35

生活的品质 / 39

生活的常态 / 43

第二辑

学会敬畏 / 49

学会羡慕 / 52

学会包容 / 55

学会示弱 / 59

学会珍惜 / 63

学会淡定 / 67

学会超脱 / 72

学会拿捏 / 76

学会择友 / 79

学会拒绝 / 82

第三辑

阅读的意义 / 87

读书关乎心灵 / 90

阅读的应有之义 / 94

读书也可"不求甚解" / 97

选择与放弃 / 100

心路与心境 104

由"真水无香"说开出 / 109

生活的节奏与留白 / 112

弱平衡自有妙处 / 116

无用胜于有用 / 120

第四辑

男人的担当 / 125

女人的教养 / 129

有时候,别太在意自己 / 134

生与死的哲学思考 / 138

内心的落点 / 143

掌好人生之舵 / 147

附录

向着高贵而写生 / 152

六十自述（代序）

一

昨天我六十岁了。人每过一个整十岁生日，就觉得是件大事。我三十岁的时候，我父亲对我说："你现在不再是个男孩子，你是个男人，你必须做得像个男人。"我四十岁时，我对自己说："青春到头了。"我五十岁生日时，我说："骗自己是没用的，人到中年，不如就认了吧。"六十岁啦，我对自己说："现在我要把自己的事情安排好，就要步入老年了，把该了结的都了结了。"我曾许诺过，退休之前写两本书，然后写了《节奏与留白》《静享孤独》两本散文集。在书里，我回顾了自己从生活和文学中学到的东西，回想了自己做过的事以及它们给我带来了怎样的满足，纯粹是自娱自乐，聊以自慰。但是我觉得，所有整十岁生日里，六十周岁这个节点最重要。我已经活了一个甲子，大家普遍认为人的预期寿命大概是八十年左右，但我们可以把自己剩下的岁月看作是人生最重要、最精彩的时刻。

我六十岁的生日那天没有庆典，就这么过去了。我和平常一样，上午看书看报，下午到屋后幽静的绿化带散步。我回到家，泡了杯茶，然后一直读书读到该用晚饭的时候。晚饭后，收看了新闻联播，听了一会儿音乐，然后带了本侦探故事书上了床，我看着看着就睡了。我就这样度过了我的六十岁生日，我本也希望这样度过。我沉思了一整天，我觉得老了也有老了的好处，你基本上再也不需要做自己不想做的事。你可以尽情享受音乐、艺术、文学，和年轻时不同，但虽然不同，感受却是一样的强烈。

有很多事情不再与你息息相关，你可以冷眼旁观，从中获得不少乐趣。若是你的快乐不再那么强烈，那么你的痛苦也一样不再那么揪心。

二

我知道，这些安慰的话就在我说这些话的时候，我便意识到它提供的前景黯淡。后来我认真思索，才悟出老了的最大好处是精神自由。与之相伴的，是看淡了人在壮年时期看重的许多事情。另一个好处是你不再会有嫉妒心，不再会有仇恨，不再会刻毒。我觉得我现在谁也不嫉妒。我已经尽力地发挥了自然给予我的那几分才华，并不嫉妒别人比我更有才华。

简言之，我计划要做的事都已做到，剩下的就与我无关了。现在我经常沉浸在对远去的青年时代的遐想中。我做过不少让自己后悔的事，但尽量不让自己为它们伤神，我告诉自己那些都不是我做的，是那个时候的另一个我做的。大多数人都是话多，人到中年更是喋喋不休。尽管我一直是听得多讲得少，但我注意到自己最近似乎也越来越唠叨了，而我自省自己有这个毛病，就立刻下功夫改进。因为大家总是迁就老年人，所以自己必须步步留心，应该努力不让自己招人嫌。若硬要插到年轻人的队伍里，可就无礼了，因为那会让年轻人感觉拘束，他们可能就不自在，若年纪大的察觉不到这一点的话，那他就实在是太迟钝了。既然这些事情就是这样的，看来老年人的前景实在堪忧：年轻人不愿意和他在一起，他又觉得和自己同龄的人乏味无趣。一无所有，孑然一人，而我内心一直最喜欢的就是孑然一人，我觉得这真是天大幸运。我从来就没喜欢过一大堆人凑在一起，现在我可以以自己上了年纪为由拒绝参加聚会，或者当自己不耐烦的时候就悄悄退席，这可是老年的一大特权。我越是不得不一人独处，就越是喜欢独处，我的精神自由就是在静享孤独中完成的。变更心境即能变更生活是我们近代伟大的发现。人怎样才能活得真实？有两个要素，一是健康的生命本能，二是严肃的精神追求。两者是相互依存的。

三

如今我已过了耳顺之年，又向人生的终点靠近了一段，追寻生命的精神自由，应该是自己坚持不变的终极目标。年轻与老迈只不过是生命的过程而已。歌德说过："能把自己生命的终点和起点连接起来的人是最幸福的。"现实问题是当生活已经摆脱了基本生存需求的焦虑之后，就时时能够感到无聊的威胁了。不知道用自己大好的生命做点什么，难道真要变成那个无聊的奥勃洛摩夫？真要过他那种慵懒的生活？一般来说，所有人到了退休之时，都会遭遇这个问题：在叔本华生命钟摆理论痛苦与无聊这两端中，人生的钟摆全部摆到了无聊的一边。自由不是做你想做的，而是可以不做你不想做的。

有一段时间，印度教中关于那个神秘的中性物的概念吸引了我，这个中性物是存在，是知识，是福祉，它无始无终，我倒更乐意相信这个。但我觉得要拿一个终极起源来解释世界的多样性，从逻辑上讲是行不通的。当我想到宇宙之浩瀚，群星之繁多，空间之深邃，我心中的无限敬畏油然而生，但我实在没法想象出一个宇宙的缔造者。

关于生命的存在，有的说存在一种"心身"物质，生命的幼芽就包含其中，而进化这个如此复杂事物的根源就在它"心"的那一面，精神是其核心，这个说法很吸引我，使得我开始对生与死的生命现象有了一些哲学上的思考，让我慢慢地坦然面对人生慢慢变老走向终点的过程。

作　者

于雅居乐 · 星徽

第一辑

心灵清闲

人本质上是喜欢清闲生活的。所谓"清闲",就是在为稻粱奔波的同时,还有一些可以用来喝酒、聊天、旅游的时间。

细细想来,一个人要活得惬意,光有生理上的清闲是不够的,还得有心灵的清闲。只是一个人要抵达生理上的清闲不难,真正难以做到的是心灵的清闲。所谓心灵的清闲,就是放下得失,看轻进退,让心灵处于一种闲适、宁静、无牵无挂、自由行进的状态中,就像天上的白云一样飘洒自如。

心灵清闲,意义非凡:一是能让人自省,有了自知之明;二是使我们的灵魂放松,不经意间激发出潜能与创造性。

要想心灵清闲,先得做自己的朋友。有人问斯多噶派创始人芝诺:"谁是你的朋友?"他回答:"另一个自我。"人生在世,不能没有朋友。在所有朋友中,不能缺了最重要的一个,那就是自我。缺了这个朋友,一个人即使朋友无数,也只是表面的热闹而已,实际上说不定他是很空虚的。一个人是不是自己的朋友,有一个可靠的测试标准,就是看他能否清闲独处,独处是否感到充实。如果他害怕独处,一心逃避自己,他当然不是自己的朋友。能否和自己做朋友,关键在于芝诺所说的"另一个自我"。它实际上是一个人更高的自我。这个自我以理性的态度关爱着那个在世上奋斗的自我。有的人不爱自己,一味自怨,仿佛自己的仇人。有的人爱自己而没有理性,一味自恋,俨然自己的情人。成为自己的朋友,这是人生很高的成就。

　　要想心灵清闲,还得提升与自己谈话的能力。有人问犬儒主义学派创始人安提斯泰尼,哲学给他带来了什么好处,回答是:"与自己谈话的能力。"我们经常与别人谈话,内容大抵是事物的处理、利益的分配、是非的争执、恩怨的倾诉等等。独处的时候,我们有时也在心中说话,细察其内容,仍不外上述这些,因此,实际上也是对别人说话的预演或延续。我们真正与自己谈话的时候是少之又少的。要能够与自己谈话，必须把心从世俗事务和人际关系中摆脱出来，回到自己，回到清闲。这是发生在灵魂中的谈话，是一种内在生活。与自己谈话的确是一种能力，而且是一种罕见的能力。一个与自己无话可说的人，难道会对别人说出什么有意思的话吗？哪怕他谈论的是天下大事，你仍然感到是在听市井琐闻，因为在里面找不到那个逻辑的核心，那个照亮一切的精神。

要想心灵清闲，关键还有认识你自己。"认识你自己！"——这是铭刻在希腊圣城德尔斐神殿上的著名箴言。对这句箴言可作三种理解。第一是人要有自知之明。这大约是箴言本来的意思，它传达了神对人的要求，就是人应该知道自己的限度。有人问泰勒斯，什么是最困难之事，回答是："认识你自己。"第二是每个人身上都藏着世界的秘密，因此，都可以通过认识自己来认识世界。不说认识世界，至少就认识人性而言，每个人在自己身上的确都有着丰富的素材，可惜大多数被浪费掉了。第三是每个人都是独一无二的个体，都应该认识自己独特的禀赋和价值，从而自我实现，真正成为自己。

心灵清闲还要与内心的乐观精神相向而行。人一乐观，对世事有个正面的估价，你的心就不会太累。如果天一下雨，你就担心发洪灾；别人不小心在你门前丢张纸条，你就担心强盗在做标记，哪怕空闲时间再多，你的心也很难静下来。

心灵清闲的深处关系着一个人的格局。达成心灵清闲的境界，更像是一种人生的修炼，学会做自己的朋友，学会与自己谈话的能力，学会认识自己，它的深层内蕴则是：只有给物质的追逐划一根底线，达到某个程度立即按停止键，我们的心灵才可以清闲下来，进入心灵的宁静平和境界。

酣畅栖居

人的生命有时比草木还要脆弱、短暂,生命一路艰难走来却又一晃而过。如何才能使短暂、脆弱的生命活得酣畅呢?如果说生命是有约束的,也就是说,如果生命是被各种各样的世俗标准给生生地束缚住的话,那么酣畅栖居就是一种超越了世俗束缚的优雅状态。

生命的时光不在于长短,而在于质量。有的人活了百岁却浑浑噩噩,有的人英年早逝却活得酣畅淋漓。毕竟,只有活得酣畅,才是真正拥有了生活的美好和丰富多彩。生命来到这个世界上,不仅仅是活着,不仅仅是生存,生命要的是生活,要的是生动有趣地活着。

这个世界没有那么多让我们忧虑的,无非是走着走着天就黑了,你就该睡觉了,走着走着天就亮了,你的人生就好起来了。

读书和写作对于我，就是一种看似平静却风情万种的酣畅。英国诗人德莱敦说过："首先我们养成习惯，随后习惯养成了我们。"播种一种习惯，收获一种性格；播种一种性格，收获一种人生。我每天都抽出时间读书和写作，就是因为习惯使然，就是因为这份酣畅淋漓的呼唤。如果连着几天不读书不写作，便如同在昏昏沉沉中走着黑暗的夜路，一点精神都没有了，完全像是一棵缺少了阳光和雨露的树木，毫无生机，只是苟且地活着。

海德格尔有句名言："人，诗意地栖居。"什么是诗意的存在呢？诗意有两个层面，一个是抽象的层面，人这种生物本来就是平淡无奇的星体上最富诗意的存在；另一个是具象的层面，有人可以刻意让自己的生命变成一个诗意的存在。在具象层面，如果生命中除了吃、喝、拉、撒、睡、生孩子、工作之外，啥也没有，那生命岂不过于枯燥乏味，过于沉闷无趣？时常让思绪飘向诗意的远方，哪怕只是偶尔为之，也强过一个单纯的物质的存在。总之，诗意的生存是最美好、酣畅的存在状态。在抽象层面，可以想象一个充满了大大小小星体的宇宙，以无机物为主，没有生命，没有意识，唯有少而又少的几个星球上有生命，有人类，有意识。想到此，我们怎能不进入抽象意义的诗意呢？明明是一个有一百来斤重的血肉之躯，在想象中化作一粒微尘，怎能不感觉到其中的诗意呢？

其实，除了读书和写作，我还喜欢世间所有美好的事物。我追求美和爱，我喜欢感受友谊的真挚，我喜欢甘于牺牲、惺惺相惜的爱情。我喜欢有趣味的人，我喜欢动听流畅的音乐，我喜欢美食，我喜欢四季的美丽，我喜欢安静地坐着或者散步，我喜欢说说笑笑的活泼开朗，我还喜欢一个人静享孤独。这些都是酣畅栖居的生命风姿。

活得酣畅的生活是需要经受磨炼的，就连最简单的酣畅也没有那么容易得到。喝酒能让人酣畅，但是，酒喝到嘴里是辣的。喝茶能让人酣畅，但是，茶喝到嘴里是苦的。世界上的快乐之事，都是在苦辣中欣然作乐的。所以，让自己经受一些痛苦，受一点罪，尽情地经历一番辣和苦的感觉。而后身体和心灵便能得到一种愉悦的升华，一种庸庸碌碌之辈无法体会到的丰富感受，就叫酣畅栖居。这样的感觉和我每天的读书、思考、写作、散步时拥有的感觉是一样的，都是酣畅。

平淡的日子里，灵魂需要一种慰藉，需要一种精神上的滋养，而酣畅栖居的生活正是给灵魂提供精神慰藉和滋养的最佳方式。只有获得心绪的沉静安宁，感受到生命的美好感觉，才能进入到生命的静美阶段，才能进入到生活的酣畅状态。

在活得酣畅的生活中，人们乐意去宽容和谅解，因为摆脱了人际关系的嘈杂和烦扰；人们甘心去奉献和付出，因为摆脱了无尽的欲望和纠结。

活得酣畅一些吧，这样才会真正品味到生命的美好，带上灵魂和梦想，酣畅地去完成人生的旅行吧。

静享孤独

生活在这物欲横流、浮躁不安的社会，我们应该留一份安静独自品味的。静享孤独也是人生的一种快乐。人只有在孤独的时候才能认识自我。在孤独中，你能学会珍惜生命，你能懂得悦纳他人，你会知道坚守自我。孤独纯粹，纯粹得弥足珍贵。因为孤独不是社会的，它永远不会有猥琐之状，阿谀奉承不能与它为伍；它超然而独立，不需要谁来认同，没有利己；无坚不摧才是它真实的形象。

孤独是什么？孤独是思考和清醒，孤独是敬畏和珍惜。其实孤独既是放空自己，又是充实自己。只有经过沉默修养和孤独洗礼的人，才能捕捉到人生的真正底蕴。高尔基评价罗曼·罗兰时说过这样的话："一个人越是不同凡响就越伟大，也越孤独……对于罗曼·罗兰这样的人，孤独使他更加深刻、更加明智地观察生活。"孤独能造就大师。

只有伟人才能在孤独寂寞中完成他的使命。这是因为,摆脱虚浮、繁杂的困扰后,人的心灵得到净化,思想就能自由地翱翔。

孤独也是在心灵上找到一处"世外桃源",只有耐得住寂寞,才能保持一个人的平常之心,方可在生动活泼、变幻多姿的社会找到属于自己的坐标和实现自我价值的着力点,才能一展自己的才华,蓄势待发,最后跃出平凡,成就事业。

孤独还有利于自我设计、自我塑造。可以说,孤独既是生活中的一种"危机",也是自我深思、自我慎独、自我完善的一个良机。在奋斗者的心目中,孤独和寂寞是一种美,一种难能可贵的品质。它与交际并不矛盾,两者共同构成了现代人的素质。如果说在人际交往中,能捡到美妙的贝壳和卵石,那么,在孤独沉思中,却能获得藏于大海的瑰宝。

孤独的妙处还有不少。在欣赏孤独的好处时,我们如何学会静享孤独呢?人生多的是孤独和寂寞,少的是喧闹和热烈。这是一种必然的常态。既然如此，为什么不按自己的意愿生活呢？人生要想有境界、有智慧，就需要在静寂中思考，在孤独中历练，才能锻炼一颗善良、丰富、高贵的心。如果我们有一颗不苟且、不虚妄、固有本真的心，还有什么样的生活馨香不能品味到呢？

甘于寂寞，按自己的意愿平淡地生活，而平淡地生活要的是简约，要的是真淳，要的是自然。热情过度会近伪，感情太浓会似诟。这样的热烈和浓情往往使人无法承受而放下。如此，还不如将它们放轻，再放轻，让它们沉淀为生活的一种美好。天涯海角，心底里一遍美好的祈福；百转千回，电话中一声淡淡的问候；迎来送往，挥别时一个轻轻的拥抱……孤独，不是凄凉，更不是悲哀。农夫在孤独中耕耘才有好的收成。十年寒窗的学子，也一定是孤独的。把生命的精力都花在哗众取宠的闲聊、搓麻将和茶楼酒馆的应酬上，那才是真正的悲哀。

守望宁静，按自己的想法朴素地生活，而朴素地生活必须耐得住寂寞；耐得住寂寞，才能有宁静的心灵。当你在宁静的生活中，看透生死，懂得取舍，你就会不觉得孤独,就会一直生活在喜悦里,像个孩子似的无忧无虑。孤独并不是寂寞。无所事事你会感到寂寞,那么整日忙碌呢?你不再寂寞了,但你仍可能孤独。孤独也不是孤单,门可罗雀你会感到孤单,那么门庭若市怎样呢?你不再孤单了,但你依然可能感到孤独。内心的宁静才是你不会孤独的精神支撑。孤独不是经济问题也不是生理问题。孤独是心灵问题,是心灵间的隔膜与歧视甚或是心灵间的戕害所致。那么摆脱孤独的途径就必须是心灵间戕害的停止、屏障的拆除。心灵间的呼唤与呼应、坦露与理解,那便是心灵解放的号音,那才是孤独的摆脱,是心灵享有自由的时刻!

在我看来,甘于寂寞,守望宁静,阅读升华,才是静享孤独的关键所在。心灵的宁静大概就是莎士比亚说的"良知的安稳"吧。我们应该向往宁静,向往这种"高于一切世俗荣耀"的宁静。因为,宁静是生活的一道风景,宁静虽然不一定美丽,但一定充满魅力。宁静可以提升一个人的纯度,并让这种纯度深入人的肌理和生命,经久不衰。

心喜安详

退休以后，我很喜欢、很向往的一种生活状态叫作"安详"。

早年曾去曲阜孔家旧宅看到一副对联："闭门即是深山，读书随处净土。"这是明代陈继儒《小窗幽记》里的句子。如今，去深山的人多了，也往往成为一种标榜。真正的平静安详，不是跑到深山老林里去，也不是非要到乡村去租二亩地不可。陶渊明早就说过："心远地自偏。"

活着是件麻烦的事情，焦灼、急躁、愤懑的时候多，而安宁、平静、矜持的时候少。休闲安详的生活并不是富有者和成功者独享的专利，而是一种宽怀心理的产物。印度有一句古老的谚语："请走慢一点，等一等灵魂。"《圣经》里也有一句话："赢得了世界，却失去了自己。"现在有不少人事业有成，生命却严重透支；更有甚者，有的命都没了。

安详属于强者,骄躁流露幼稚;安详属于智者,气急败坏显得可笑;安详属于自信的人,大吵大闹暴露了你其实缺少底气。如果你觉得别人都在议论你,您想多了;如果你觉得别人都在反对你,您多虑了;如果你觉得别人都在意你,您就错了;如果你觉得没有多少人在乎你,您就成长了。

怎样才能做到安详?我的想法是:

一是遇事要知足、知止。1919年,弘一法师给好友夏丏尊写了一幅字"知止"。在事业和人生的转折点,一个人一定要懂得"知止"的含义。知止——知道停止。世上有走不完的路,也有过不完的河,过不了的河,掉头而回,也是一种智慧。"知足"是由他人,"知止"由自己,"知足"是不贪,"知止"是不随。"知止"胜于"知足"。

二是多接触大自然。高山流水,大漠云天,面朝大海,春暖花开。万物静观皆自得,世事"动观"亦相宜。人生如寄,寄情于山水之间。学点优雅,本分真诚面对自己,坦然无碍面对他人。若晴天和日，就静赏闲云；若雨落敲窗，就且听风声；若时光逝却，就珍存过往。

三是多点幽默。因为幽默是生活波涛中的救生圈。要允许旁人开自己的玩笑，要懂得自嘲和解嘲。幽默了才能放松，放松了才可以从容，从容了才好选择。人生就是为了笑起来，其他都是细枝末节。该健忘的时候就健忘，该粗心的时候就粗心，该过去的事就让它过去吧。

四是多有几分兴趣。多欣赏艺术，特别是音乐，听不听得音乐，这大体上是你需不需要请心理医生咨询的一个标志。还可以读书，可以写作，可以做事，可以娱乐，可以惜光阴如金，可以视闲适如土，可轻可重，可出可入，可庄可谐。理想的闲适安详的生活是，不被上一秒牵挂，不为下一秒担忧。不仅好玩，更要有趣。好玩是一种表象的热闹，有趣则是一个人骨子里深藏的趣味。

某一天，你我暮年，静坐庭前，安详自得，观花开，赏花落，笑谈浮生流年。百年一眼，相视一笑，姹紫嫣红早已看遍。

解读"知止"

人生最大的智慧,如用八个字概括,即为"进退适宜,取舍得当";如用两个字概括,即为"知止"。一个人自己的爱好面前,就是最软弱的时候。如果懂得知止,才能把命运掌握在自己手中。正如苏格拉底所说:"我比别人多知道的那一点,就是我知道自己是无知的。"

"知止"是一种非凡的内在力量。人身上主要有三个重要的特质,即生命、自我和灵魂,"知止"亦同时与这三者有关。生命刚开始是非常纯粹的,但步入社会,可能越来越多关注权利、财富等,可以称之为生命上的"社会堆积物"。人要记住,不能永远为了这些东西而活,应该保持清醒。生命本身的需要很单纯,却往往会是一些平凡、永恒的需要,比如返璞归真,返老还童,融入自然等等,但被我们忽略了。随着年龄的增长,我们的生活往往会受到环境、职业、身份等的制约,变得经常以一个"别人眼中的角色"生活,随大流很容易,但作为"独特的自我"生活很难。"知止"有三个标识,一要有坚定的价值观,不被社会的习俗和风气左右;二要有清楚的自我认识,知道自己的禀赋和志向之所在,不被偶然的风尚和给予左右;三要有强大的精神自我,知道灵魂的高贵和自由,不被外部事件和遭遇左右。

"知止"是一种难得的生命品质。当今社会最缺乏的品质是善良、丰富、高贵,普遍缺乏善良,很冷漠,而且精神贫乏,人生追求非常单一,就是物质,还缺乏高贵。关于善良。善良是生命的同情,其实就是生命对于生命的同情。同情心是人和动物区分的开始。同情心是人类全部道德的基础。一个优秀的灵魂,其最基本的品质就是善良。

生命本来没有名字,没有身份,没有职务,什么都没有,这些东西都是后来附加上去的。后来慢慢地不是作为一个生命来生活了,很少去倾听自己的生命到底要什么东西,总是以为全部的生活内容无非是赚钱和花钱两件事,觉得这就是生活。人的生命对于物质的需要是非常有限的,更多的物质并不能让你的生命感到真正的快乐。关于丰富。

丰富是精神的财富。这是人和动物更重要的区别。人有精神能力，而动物只有生存本能。丰富就是要让人的精神能力生长、开花、结果，每个人都应如此，这是精神上的丰富。人的智力生活、情感生活和信仰生活，组成了人的精神生活。英国哲学家约翰·穆勒认为，一个人要满足自己的生存欲望，但人的精神是更高的快乐。不能沉湎于身体、物质这样低层次的快乐中，那么怎样去"丰富"呢？养成静享孤独的习惯，通过读书来形成更高的自我，保持内心平静。关于高贵。高贵是人格的骄傲，其实是最重要的价值，不是指地位，而是精神上的高贵。康德认为，人是由两部分构成的，肉体的存在，属于自然界；精神的存在，有灵魂，有头脑。康德说："人是目的，不能作为手段。"对待他人也应该这样，把每个人看成是有尊严的，有灵魂的人。因为伤害不能扭曲一颗美好的心灵，只会锤炼一个大写的人。

"知止"作为生命的内在力量和优异品质，一切外来的负面力量都不能真正把你打败。面对天灾人祸、世风不正等等，人们仍然会觉得痛苦，但是你一定能够最大限度地保持内心的平静，因为知道没有什么能夺走你内在的珍宝，使你的人生失去方向和意义。

厚道养生

退休以后,我时常想到养生问题。重视养生,目的只有一个,为了长命百岁,也就是长寿。什么喝水养生,什么太极养生,什么瑜伽养生,到空气好的地方去养生,吃各种保健品等等,岂不知人类最重要的养生环节之一,应是灵魂内在的心态平和与柔弱处世。

说起心态平和,哪种人最容易心态平和呢?我觉得厚道的人在这方面有独特的优势。厚道的人真诚、真实、本色,胸怀坦荡,不玩心眼,不坑人,不害人,不为难人,不笑话人,不显摆自己,不故弄玄虚,言行一致,有良知不虚伪,讲奉献不贪婪,不奸诈,不浮躁,没有花花肠子。在人际交往中,厚道是基石。当厚道的人年龄渐老时,会发现以往的岁月是那样充实,结交了厚道的朋友,广结了诸多善缘,这样当然有益于保持乐观心态与平和情绪。人与人之间得到彼此的尊重，能够和谐相处，这样养深积厚之人，会有复杂的心事吗？会有愧疚感吗？会被人戳脊梁骨吗？会造成心态不平衡吗？我想不会的。厚道的人淡名、淡利、淡得、淡失。心态好，人缘就好，看淡了，放下了，一切就释然了。好的心态能激发生命最大的潜能，当然对颐养天年会起到不小的作用。厚道是给生命带来长寿的法宝之一。不信你了解一下，健康长寿的人，是否多数是为人厚道者。

说起柔弱处世，哪些人最容易柔而致胜呢？我以为厚道的人在这方面有效法自然的品性。人生的路途艰难崎岖，世事难料，但一个人只要能像水那样慈善利物、俭朴单纯、守弱不争，就一定能柔而致胜，体会到人生的达观和舒美。水滴穿石，柔弱处世。水首先是一种柔弱之物，它不逞坚强，但长久的韧性却使它具有穿石之效。厚道之人坚守柔弱，其本质上是一种乐观、豁达、蔑视强大而不失自信的处世理念。上善若水，赢得人心。水追求下位而安于卑贱，不与物争，所以不会引起纷争和失败；同时又善待万物，促成万物生长，因而深得众物喜爱。老子从善利万物的水引申出了宽厚的为人之道，他主张："善者吾善之，不善者吾亦善之，德善。"即对那些友好的和不友好的人，都以善意、厚道对待，以此成就德性的功业。这就是厚道之人水般的柔弱处世方式。

厚道是有渊源传承的，是一贯的，有的人偶尔做些善事，烧烧香、拜拜佛，往功德箱放点钱，或救济一下遭难的困苦人，表现一时的慈悲，是一时的善良，但不一定持久。厚道与家风熏陶有关，厚道是一种教养，厚道是一种品格，厚道的人活得越老，心里越踏实。厚道是河水深层的劲流，它有力量，但表面不起波浪。长寿者常说，多遇到一个厚道的人多一份福分，自己多一份厚道，也就多储蓄一份福分。厚道是苍劲有力的根须，它有风骨，活力十足，昂扬向上。厚道者都在自己的心里种上了一棵树，沐风淋雨，泰然处之。树幼时娇嫩，壮时粗陋，老时斑驳，却是如此真实而亲切。

若你的心灵深处也时常感觉空荡，那么，就在心田里栽种上一棵厚道之树，让它盈满你的心灵，润泽你的生命，生长出更多的幸福与希望。

人生"四然"

人生在世，短短几十年，几乎还什么都没整明白，就已退休步入老年。世事无常，沧桑变化，对于人生的意义想了一辈子，还是没有想出什么意义。我们来到人世，消耗掉一些物质，改变周边一些物质，然后离开人世。既然如此，我们该怎么面对这个人生呢？周末我去桐乡凤鸣寺散心，正好遇见一位法师，聆听了很多教诲，只记下了四句："来是偶然，去是必然，尽其当然，顺其自然。"回来后，细细咀嚼，感觉豁然开朗，回味无穷。

来是偶然。佛家自古有六道轮回之说：天、人、阿修罗、畜生、恶鬼、地狱。人排在第二的位置，仅次于天道。可能佛教教义包含宗教色彩，可现在的科学已经证实我们在成为受精卵之前必须要打败亿万个兄弟姐妹，也就是说我们降生的概率只有几亿分之一。人人都是大自然神奇的造化，是前无古人后无来者的海内孤品；人人都是稀世珍宝，人人都是一个宇宙。其偶然性不言自喻。

去是必然。人生一世，确实存在许许多多的不公，主观的，客观的。可有一道关口谁也逃不掉，谁也躲不过，那就是人生的鬼门关。知晓这一点，则一性寂然，自可超然物外。生活会多一些闲情偶寄，增一分淡然，增一分自我；少一些名利权情，减一分难以自拔，减一分桎梏。《小窗幽记》里说："人生不得行胸怀，虽寿百岁，尤夭也。"每个人都只能活一次，只要不逾矩，自己想做什么就去做什么。这也就是海德格尔所谓"诗意地栖居"，谁知道意外和明天哪个先来。

尽其当然。世界很精彩，五彩缤纷，生气勃勃，因为是由形形色色、风格迥异的人组成的。尼采一生都在呐喊："成为你自己。"人生中最开心的事莫过于知道自己想要成为什么，然后全力以赴，让梦想成为现实。这样一种生命哲学，可谓之采蜜哲学，蜜蜂在花丛中飞舞，只是为了偶尔采撷花中精华。无论是物质生活，还是精神生活、情感生活，只要那一点点精华，要以比较舒适快乐的状态度过自己的人生。活着,就享受所有这些感觉;死去,就告别所有这些感觉。这便是适合常人的生命哲学。

顺其自然。当年,孔圣人怀着匡时济世的宏愿周游列国,历尽艰辛,百折不挠,结果还是未能如其所愿,只能退而著书立说,成为万世之师表。因为人生除了自主性、可创性以外,还有天然的局限性……这是生命无可奈何的一面,也是自然的。其实生活中有许多烦恼只缘认得"我"字太真。凡事尽我之所能,而后随缘随喜,顺乎自然,珍惜把握生命中的每一天,则人生何处不青山!

生命的内涵

前不久,我陆续写了一组关于生活品质、人生意义的短文,刊登在《上海后勤》上,不少读者阅后反馈不错,说是文章虽短小,但有意味,期待再能读到这类文章。我很受鼓舞。我将会选择不同的角度写出我对生命内涵的思考和感悟。

时光飞逝,我已过了知天命的年龄,转眼到了不知老之将至的境况。阅读之余,对生命内涵的思索常常萦绕心间。我常想,生命两端特定的因果便是诞生和死亡,生命的诞生是一个美和希望的开始,那么死为什么不是美和希望的升华呢?死亡的终结为什么总是哀叹和无奈?其实我们应该从生的角度去理解死亡、尊重死亡,才会更透彻地理解生命的本质内涵。

其实,死亡的本质应该和果子的成熟一样,离开枝头的瞬间是自然的、真实的、美丽的,如果强迫它留在枝头,它的结局肯定是要衰败的、腐烂的。所以,我们没有必要将生命的死亡时间拖延下去,不遵循死的时间法则,就等于不尊重生命本身,生命的意义就会失去它的光彩,失去它的真正内涵。因此,尊重死亡和敬畏生命具有同样重要的意义。

生命是一棵树,每个人都是生命之树上的一片叶子,有朝一日,绿叶会悄然枯萎,离开生命的枝干,甚至无所归根。然而,去尽情享受大自然恩赐的乳汁时,在生命的绿叶即将褪色之前,除了尽情展示生命的原色,舒展生命的活力之外,还能追求什么呢?

我再次凝视一棵倔强的老树时,似乎觉察到,生命的叶片虽然凋谢了一些,但还有许多叶片还在托起生命的活力和毅力,与初冬的寒风擦肩而过。生命之树始终没有在寒风中猝然倒下。生命是脆弱的,然而生命又是顽强的。生命之树永远茂密,因为,每一片叶子都在顽强地珍爱着自己的生命,也是在延续着大自然的生命和人类的希望。

对于生与死，对于死神的无情威胁和盛气凌人，许多人都不能坦然面对，当然包括我自己。死亡就像一幅漆黑的铁幕挡在人生的面前，我们尚无法让目光越过这道坎。对生命终结的惶恐与伤感，总能无可避免地在平静的心灵港湾拉响刺耳惊人的杂音，甚至这种杂音会淹没灵魂深处的很多向往与追求。人生的最大困惑不是面对死亡，而是无法靠着自己的能力使生命多停留一刻。

如何超越生与死的对质以及荒谬的压力，我想只有三条路径可寻。一是以更完整、更深刻的感悟，找出新焦点，也就是从各方面环顾死亡，甚至检视近年蔚然成风的轮回观念，由此辨明生命的特质与人生的意义。二是尝试依照加缪的建议，从荒谬处境中推展出"我的反抗、我的自由、我的热情"，引申为"肯定尊严、勇于创作、乐于爱人"这些积极的人生态度。三是以超越的眼光，整合自己的生命。即要活在当下，又不忘记生命的起源与终结；同时要认同人类自古以来的命运，接受生死与荒谬的考验，做到绝不轻易屈服，撑过任何一段艰难困惑的低潮，在心中孕育属于自己的希望，在人生舞台上扮演自己满意的角色。

认识生命的本质内涵，在行动中为人生创造意义，选择意义，可能使我们能够更加坦然面对困惑的人生或解脱或觉悟或舍弃或收获。从每一粒尘埃，从每一瞬间，从每一条思绪中获得自己选择的幸福。在新的起点上获知生命的完整内涵，正如泰戈尔所说，生如夏花一般灿烂，死如秋叶一样静美。

生活的品质

何谓品质？指一个人行为、作风上所表现的思想、认识、品性的本质。我的理解是，品质是一个人在黑暗中的真实表现，品质是存在已久的习惯。何谓生活品质，或曰生活真谛？我常思索：失去财富时，一切都没有失去；失去健康时，某种东西已经失去了；失去品质时，一切都已经失去了。唯有一个人的生活品质，才是衡量他的真正价值标准。

现今简朴的生活距离我们越来越远了，奢侈正在成为社会的潮流和时尚。因此，我们看到的都是为了奢侈而正在失去自由、正在失去快乐、正在失去幸福的人们。

当一个人为了追求金钱而不惜一切的时候，也就等于把自己的生命赌给了金钱，自己也就变成了金钱的奴仆，得不到时忧愁，得到了又因为担心失去而焦虑。有人把坚持多年的晨练和傍晚散步的习惯丢掉了，因为时间就是金钱,不能把宝贵的时间浪费在散步上。

当一个人把拥有一栋豪宅作为自己的目标和荣耀的时候,也就是把自己变成了豪宅的仆人了,每天置身于豪华房间里,精心地去布置、去摆设,精心地去维护它的整洁和秩序。本来家是一个让你休息的地方,但有了豪宅就不同了,它让你变成了它的仆人,整日让你为它服务。

有了一部好车,就开始每天都为它担心了,担心被别人撞了,担心丢失了,还要时时看着周围人是否都投来羡慕的目光。

穿上一套高级的衣服,种种的禁忌就来了:要定期干洗,要定期熨烫,要躲避拥挤,要有配套的衬衣和衣服,还要时刻注意走路的姿势和形象。

一切的奢侈,都不过是给自己提供了更多的不便。很显然,一个人的生活增加一份奢侈,就是给自己套上了一个枷锁,自己也就失去了一份自由。一个人从简朴走向奢侈的过程,就是逐渐失去自由,也就是自己从自由走向奴隶的过程。

更重要的是心灵的奢侈。对奢侈的物质生活的种种向往，变成了心灵和精神的沉重负担。这种负担变成了一种精神的奴役，让你时刻都生活在一种压抑烦躁的状态之中。

你会发现自己得到了物质的奢侈以后，失去的才是最珍贵的，而最需要的恰恰是正在一点一点抛弃的，家庭的温馨，精神的放松，心灵的坦荡，那种田园生活的闲适，都渐渐失去了，而这恰恰是生命的最高境界。

生活的品质不是由财富的多少决定的，也不是一个人漂亮的脸蛋与华美的衣着、豪宅、香车造就的，而是决定于我们的精神生活，决定于我们的生活态度。当我们把握了这样的尺度以后，我们就拥有了高品质的生活。

英国作家塞缪尔·詹逊认为："养成凡事往好处看的习惯，比一年赚1000英镑还有价值。"一份快乐的心情，比两枚金币更有价值，比三副灵丹妙药更有益健康。最能给人带来持久快乐的，不是锦衣佳肴或名车豪宅，而是能包容一切的宽阔胸襟。

十年前，我请书法家陆康老师题写一副对联挂于家中，

"宠辱不惊,看庭前花开花落;去留无意,望天上云卷云舒。"人生于世,图的就是让自己活得快乐,所以说快乐是一种生活品质,是人生的最大财富。不管用什么方法,只要能让自己高兴起来,你就做对了,你就很聪明。人与物之间,有时舍弃也是一种收获和快乐;人与人相处,和则两利,斗则俱损。让人活得不开心的最大因素,就是不会舍弃,就是看身边的人不顺眼,老是对别人心存不满,总爱给别人较劲闹别扭,结果弄得别人很不痛快,也让自己活得很不开心。

其实,把心胸放宽阔一点,对别人多包容一点,快乐就会与你同在,幸福就会与你相随,你的人生就会充满乐趣和希望,你的生活品质就会赢得人们的尊重。

生活的常态

"人有悲欢离合，月有阴晴圆缺，此事古难全。"苏轼先生的这几句富有哲理的词句，道出了一个人生深刻的道理：人生总是有缺憾的，不完满才是生活的常态。

可是我们每一个人又都是一个"完美主义者"，总是希望事事能够尽如人意，因此，当现实的生活与我们的愿望相违背的时候，不满、牢骚、忧郁随之产生，坏情绪也就时时缠绕着我们，使我们难得露出笑脸。

其实，生活的幸福不是意味着凡事完满，而是忽略了不完满的东西。完满不是意识到你还缺少什么，而是你已经拥有了什么。不要去问人生有没有永远，你只需明白，迢遥的时光，远比永久还要长。智慧的人，只是去相信，但决不去抵达。相信，是不放弃希望。不去抵达，是不愿让自己失望。不要把美好建构得那么远，如果你肯放下永久，你会发现，其实，每一个当下，都值得珍惜。别让昨天的遗憾和明天的困扰破坏今天的心情。

生活，就像某家快餐店的牛肉套餐。小小的餐盒里，一点米饭、一颗卤蛋、一碗清汤，两三块牛肉，是永久不变的。唯一变化的是，另外一荤一素两个小菜，每次去吃，每次都是不一样的。

真的，好多时候，人生都在重复着。活得快乐的人，是那些能自足地守着这枯燥的平淡，并把生活里仅有的一点变化，在心中无限放大，并懂得感恩的人。

一个人要常怀感恩之心，常带宽容之念，常植善良之魂，才会对生命肃然起敬；才会善待生活中偶然相遇的每一位过客——无论他是越野车里两个月大的小孩，还是树下捡食的松鼠，抑或是寄居笼中的鸟儿。

的确如此，现实生活中上至王室贵族，下至平民百姓，每个人的人生中都有自己的精彩，也都有自己的遗憾。我们所能看到的往往总是别人人生中最精彩的一部分，而看到自己的总是最遗憾的那一部分。因此，在我们的眼中，自己的人生总是有那么多的不幸，并为此苦闷惆怅、郁郁寡欢。长此以往，我们的人生将失去色彩。

大部分人的不满源于对自身命运的过分要求。人生的火车承载的车厢越来越多，越来越重，不弃不舍，终有负载超重的时刻。人之所以平凡，在于无法超越自己。纪伯伦说过："我们已经走得太远，以至于忘记了为什么而出发。"其实，人生的许多东西是多余的，比如金钱，比如欲望，比如名声。学会舍弃，才会有收获。更多的时候，得到你该要的该有的就够了。

我曾做过很多半途而废的事情，现在并不觉得后悔，反而十分满足。中学时代，学习书法绘画到了入迷的程度，作品也曾入选市级展览。青春岁月在农场度过，种田之余，写诗作文孜孜不倦，作品也曾见诸报纸杂志。回城之后，业余读书大专四年，本科三年，加上读研三年，十年辛苦拿了三张文凭。其间，参加市二轻局家电公司举办的当场命题作文竞赛，竟然获得了第一名。书法、绘画、写作，这些都没办法变成我的专业，都算是半途而废。我必须承认，过了某种年纪之后，你再怎么认真学一种东西，也很难变成专才，或完全的专业。可是，它可以增添我的生活乐趣。你想学什么就学吧，只要曾经领会过学习的快乐，半途而废也无妨。有时，我还觉得半途而废的人生很美。我相信，每个人如果努力寻找，都会找到天地之间他最喜欢也最适合的一件事情——那就是真心付出，这也是活着的意义所在。

如果我们能够彻悟半途而废的人生很美，不完满是人生常态这一现实，以平常心面对，在努力去改变生活中不完满部分的同时，又不苛责生活，怨天尤人，我们还会活得这么累吗？人生的乐趣当然会回到你的身边。

心灵清闲

第二辑

学会敬畏

一个人要活得堂堂正正，无论为官为民，还是为工为商，都应有敬畏之心。孔子说过，"君子有三畏：畏天命，畏大人，畏圣人之言。"这里的"畏"，就是敬畏的意思。"天命"，指自然规律；"大人"，指品德学问高超的高人，"圣人之言"，指圣贤之士的教导。他们都具有神圣性，代表着高尚的价值取向。敬畏他们，就是敬重这种价值取向，并且按照这种价值取向来规范自己的言行，畏惧对他们的偏离与违背。也就是说，一方面，高山仰止，虔诚地拥有高尚的信仰，以"大人"、"圣人"为榜样，努力提升自己；另一方面，又兢兢业业，重视以这种价值标准检点自己，务求"不逾距"。即见贤思齐，攀登不止，又自律自省，有所不为，这正是操守出众的君子之风，是古话所说："君子之心，常存敬畏。"

孔子所说的"三畏"，是一种哲学性的展现，核心是要敬畏神圣的东西。依此联系当今的现实生活，我们如何去学会敬畏呢?或者说需要特别敬畏的内容和路径是什么呢?

一是学会敬畏百姓。百姓是社会之本。以为人民服务为宗旨的公务人员,自然如孙中山所说要"大畏民志",即以民为本、敬畏百姓。见利忘义,欺凌盘剥百姓,纵然一时得逞,耀武扬威,结果必将被百姓所唾弃。二是学会敬畏自然。早期的人类,对大自然是充满敬畏的。那时敬畏自然是和愚昧连在一起的。进入文明社会以后,人类懂得利用改造自然,不再盲目敬畏,是一种进步。然而,现代人在这方面严重地走过了头,对大自然随意掠夺,破坏了人与自然的和谐,引发自然界的报复,对人类的威胁也越来越大,亟须在文明的基础上对大自然生发新的敬畏。三是学会敬畏生命。生命是宇宙的奇迹,它的来源神秘莫测。要用你的心去感受这奇迹。于是你便会懂得欣赏大自然中的生命现象,鸟语花香、诗情画意会滋润你的心灵。于是你便会善待一切生命,从心底里产生万物同源的亲切感,敬畏生命之心也会油然而生。四是学会敬畏历史。以史为鉴,可以知兴替。要实事求是地阐述历史和认识历史,不能把历史当作一团泥巴,可以按着自己意愿想捏成什么就捏成什么样。歪曲篡改历史者免不了要受历史的惩罚。

人的一生可以而且应当敬畏的东西自然还有很多，如能做到如孔子所说的"君子有三畏"，或者当下学会敬畏百姓、敬畏自然、敬畏生命、敬畏历史，也就抓住了敬畏的核心内容。用康德的话来概括，那就是要敬畏我们"头上的星空和内心的道德法则"。我们对它思索越深，越有一种敬畏感。头顶的星空之所以让人有敬畏感，不仅在于它的浩瀚无穷，而且还在于它代表一种不可违抗、只能服从的自然法则；而心中的道德律之所以让人有敬畏感，不仅在于道德律令的博大精深和崇高感，还在于它代表我们生活中一种需要共同努力维系的社会核心价值和正义的社会秩序。

简言之，在身外，我们要敬畏星空自然，用你的心去感受生命奇迹，用它们的千姿百态丰富你的心胸；在身内，我们要敬畏道德情操，要保持对道德律令的敬畏感，并使之日益渗透到我们的日常生活中，慢慢浸透我们的道德心灵。为此，要依此经常反思叩问，自律自省，驱使我们不断向善向上。

学会羡慕

与人交往,要心存友善和羡慕。决定人生成功的,绝不仅仅是才能和技巧,而是一个人面对生活的心态。羡慕,是一种心态,是一种复杂的心理活动,其感性因素更多于理性因素。有一句话说得好:你以怎样的态度对待别人,别人也会以怎样的态度对待你。如果你对强者弱者都能尊重、理解和嘉许,并能持之以恒,就可得众之力,无所不成。

人都是生活在比较中的,幸福与否,快乐多少,都是相对而言的。"恨人有,笑人无",是人们最常见的阴暗心理,羡慕别人也是每个人都不能免俗的心灵活动。大千世界,人海茫茫,一个人不论再成功再完美,也不论再潦倒再失败,都会羡慕也会被羡慕,没有人是不羡慕别人的,也没有人是不被别人羡慕的。因为人永远都不会真正一无所有,至少还能拥有明天和希望。泰戈尔在一首题为《错觉》

的诗中这样写道:"河的此岸暗自叹息:'我相信,一切欢乐都在对岸。'河的彼岸一声长叹:'哎,也许,幸福尽在对岸。'"的确如此,山野飞鸟羡慕笼中金丝雀的吃喝不愁,养尊处优;笼中金丝雀则羡慕山野飞鸟的自由翱翔,一飞冲天。青年人羡慕中年人功成名就,有房有车;中年人羡慕青年人朝气蓬勃,风华正茂。寻常女性羡慕豪门贵妇的穿金戴银,吃香喝辣;豪门贵妇则羡慕小康之家的男耕女织,相濡以沫。

既然如此,我们在羡慕别人时,还须增加一些理性因素,真正学会羡慕:一是羡慕不要发展到"嫉妒恨"。羡慕是美好向上的,可激励人们见贤思齐,"嫉妒恨"是龌龊危险的,若不加以控制就会酿成苦果。正可谓:一双刻薄的眼睛,看到的都是有缺点的人;一双智慧的眼睛,看到的都是值得自己尊重和学习的人。二是羡慕要有尺度有节制。须知,羡慕是一种精神会餐,许多羡慕是难以实现的,所以只能偶尔为之,不能总沉浸其中,自我折磨。生活里见过这样的人,听说有人中大奖发财,便以为自己也是一样,就天天将发财的美梦做在一张彩票上。结果几年过去,财没发，借了一身债，把家赔了个精光。三是对羡慕对象，不要过于理想化。人们往往夸大被羡慕事物的美好程度，真正得到后，会感到"不过如此"而已，反而会更加失落。大文豪萧伯纳说过："人生有两大悲剧，一是没法占有想占有的东西，另一是很容易便占有了想占有的东西。"大部分人的不满足源于对自身命运的过分要求。其实，人生最精彩的不是实现梦想的瞬间，而是坚持梦想的过程。

天生万物，各有长短，人无完人，皆有利弊。人生就是用自己来照亮别人的一段旅程。明白这个道理，我们固然要羡慕别人，发现、欣赏他人之美。更要自重自爱，挖掘自身之美。再到相互欣赏、赞美，最后达到一致和融合，这才是我们追求的理想境界。嫉妒使生活瘫痪无力，羡慕使它重获新生。嫉妒使生活混乱不堪，羡慕使它变得和谐。嫉妒使生活漆黑一团，羡慕使它光彩夺目。人生追求的过程难免遇上挫折和失败，但这并不意味着你浪费了时间和生命，而是表明你有理由重新开始。自信不是相信自己比别人强，而是相信自己能变强。其间，学会羡慕是一种生存智慧，更是一种善良心态。这正如善良是善良者的原因，也是结果；善良是善良者的出发点，也是目的地。

学会包容

生活是自己创造的,心情是自己营造的。我们大多数人都时常会遇到人际关系中的一些烦恼——欺骗、背叛甚至挑衅,这时我们应该怎样应对呢?当生活中遇到不愉快时,请不要去抱怨生活,因为抱怨好比是给生活增添苦涩。而这种苦涩会像流行感冒一样传染给后面的生活,生活也会因此而黯淡。当你不能改变外部世界和现状时,唯一能改变的是你自己。与其抱怨生活,不如赞美生活,让生命学会包容。

包容别人是对他人的一种尊重、一种接受、一种爱心,有时候包容更是一种巨大的力量。互相包容的家庭一定和和美美,互相包容的朋友一定风雨同舟,互相包容的世界一定和谐而美丽。

包容是一种深厚的涵养。它是一种善待生活、善待别人的境界；包容是一种情操、一种美德，是化解矛盾的法宝，是消除隔阂的催化剂。包容不是懦弱，不是胆怯，不是逆来顺受，而是海纳百川的大度，是笑看风云的开怀和爽朗。包容不但可以改善自己与他人的关系，也给自己心灵带来宁静和祥和。

包容是一种大智慧。它展露的是宽广胸怀和谦虚态度，体现的是理智风度和务实精神，收获的是团结和谐与长久胜利。因为发怒会使人远离真理。快乐有人分享是更大的快乐，痛苦有人分担就可以减轻痛苦。学会包容，有时是一种合理的让步，不仅对事情的发展和问题的解决有益，也会赢得他人的好感，最终使生气的诱因荡然无存。

包容的好处很多，首先就是有益于我们保持和他人的人际关系。每个人都有包容别人的能力，一些心理学家认为这是人所特有的适应力。人类在一起合作相处，而不是分崩离析，就有更多的生存和发展机会。包容的第二个好处是有益于自己。越来越多的心理健康专家发现，包容是一剂心理良药，就排除愤怒、化解矛盾和消除低落情绪而言，没有比包容更好的办法了。

学会包容，便会为人生残缺的本质而豁达，令你提炼人生的弱点，走出生命中的盲点，成为生活中的智者、强者！学会包容，领略生命的内涵，站到比别人更高的位置上，看问题和处理事情也会比别人更透彻、更有效。

和很多事情一样，包容也是知易行难，因人而异，而且要看伤害的程度。你也许认为对伤害者心怀怨恨是再正常不过的事，但是你不要轻言原谅别人的人是懦夫，先做一下心理体验：一想起那些你一直怀恨在心的人，你有什么感觉，是不是感到紧张或身体沉重？是不是恼、恨、气？如果这些负面情绪囤积在脑子里，那它们会永久地搅扰你，而你为此付出的代价是损害了自己身体的健康和心灵的安宁。反过来讲，包容意味着你把自己从这种情绪的恶性循环中解脱出来。毕竟不管你觉得自己的愤恨多么合情合理，受伤的其实还是自己，而不是伤害你的人。我读过曼德拉的回忆录，其中一段话至今令我震撼不已："在走出囚室，经过通往自由的监狱大门那一刻，我已经清楚，如果自己不能把悲伤和怨恨留在身后，那么我其实仍在狱中。"一代伟人告别仇恨的最佳方式是宽恕和包容。

生活的天地如此宽阔,我们没有必要在彼此摩擦中浪费时间,浪费生命。包容别人,其实也是给自己的心灵让路,也给自己留下一片海阔天空。人生在世,大度一些,容别人所不能容,忍别人所不能忍,笑一笑,其实也没什么大不了。处处能容,事事看破,人生自当轻松、自在、洒脱。

天空无限,比天空还大的是人心!包容是人生的一种选择,也是你的一种人格力量。每一个人包容一点,大气一点,我们的生活就会更精彩、更和谐、更美好。

学会示弱

读书思考之余,如何学会做人便成了我感悟人生的主题,又从不同侧面写下这些感悟,比如学会羡慕、学会包容、学会示弱等等,便成了我当下非常乐意与读者交流分享的事情。

"示弱",这是做人的一种难能可贵,必不可少的素质。"示弱",是有意暴露自己某些方面的弱点,往往是一种有益的处世之道。从这个意义上说,"示弱"不也是一种智慧吗?

"示弱",既然是一种做人智慧,那么必然要注重在方式方法上的选择。地位高的人在地位低的人面前,不妨展示自己经验有限、知识能力不足等方面的弱点;成功者则不妨多说说自己失败的记录;某些专业上有一技之长的人,最好承认自己在其他领域上的不足。至于那些因偶然机遇获得成功的人，则更应庆幸自己的幸运。

"示弱"做人不但是姿态，更是心态。

姿态是外面人能看到的部分，不吹嘘成就，不刻意表现自己的名车名表；当有人赞赏时，只是礼貌笑笑，不说明，不解释，不进一步献宝。外面能保持低调姿态，源自低调的心态。

人家认为他高深，他自己可以不当一回事。深知山外有山楼外楼，没有什么了不起。如果心中没有谦卑，外表要装也装不起来。

在很多情况下，承认"示弱"是一种聪明和智慧，也是一种大度和从容，这就把握了人生的辩证法。能低者，方能高；能屈者，方能伸；能柔者，方能刚；能退者，方能进。

在现实面前学会"示弱"。现实和梦想之间，往往会有较大差距。如果一个人永远只会抬头观望，放不下"身段"，可能很难找准自我的定位。相反，低下头来，静下心来"示弱",可能很快就会收获成功。因为,"示弱"也是一种能力,有时,稍微低一下头"示弱",或许我们的人生道路会走得更精彩。

在错误面前学会示弱。人非圣贤,孰能无过?过而能改,善莫大焉。但很多人就是缺乏在错误面前低头"示弱"的勇气。错误可能会对别人造成伤害,只有低头示弱才能弥补。低头示弱不是屈辱,不是低人一等,而是知错必改应该付出的代价。在错误面前敢于低头示弱是一种聪明和魄力,也是一种境界和品格。

在欲望面前学会低头示弱。人的欲望无止境,"没有最好,只有更好。"不少人总喜欢踮起脚、伸着脖子与人横攀竖比,觉得样样不如别人。然而,只有低下头来示弱,才会发现自己已经拥有了很多,只是没有好好珍惜。生活的辩证法一再提示我们:很多人昂首奋争、孜孜以求的东西,到头来不过是一些过眼云烟、身外之物罢了。而那些事业有成的人,往往是一些懂得适度"示弱"的人。

学会示弱,无论对于自己还是对于别人,都能有所收获。

何以这样说呢？因为强者甘心"示弱"，以弱者的姿态行事，人自然会谦虚谨慎，别人也愿意接受。如此，则强者自会成长为长久的赢家。对于弱者，则能从中获得慰藉，心理上得到平衡，从而在心平气和中自觉地向强者学习，并从而有所进步，有所收获。

如果你渴望成功，要学会"示弱"的处世哲学，在人生实践中加以灵活运用，在复杂多变的人际环境中进退自如，绕开障碍，拓展空间，成就一番事业，收获丰盈的人生。

从这个意义上说，一个真正甘心"示弱"的人，必是一个以事业为重而敢于负责的人，一个豁然大度、宽宏大量的人，一个充满人情、充盈智慧的人，一个处世浅浅而悟世深深的人。

学会珍惜

与其老是在后悔、反省、自寻苦恼,还不如默默咬牙忍住,告诉自己:就是因为无法尽如人意,才叫做人生,才值得一生去珍惜。人生最大的痛苦就是心灵没有归属,不管你知不知觉,承不承认。珍惜是福。有道是"幸福那么缺货,请别肆意挥霍"。人生的很多幸福,都源自于珍惜。珍惜时光,收获阳光和雨露;珍惜友情,收获关爱和尊重;珍惜工作,收获成绩和点赞;珍惜人生,回报幸福和美好。

生命是短暂的,人拥有生命的同时,也就拥有了苦难,也有了多彩的人生。也许,在生命的四季里,一朵花只能有一次开放的机会,一个人只能拥有一次青春,生命的长度是有限的,甚至我们都不能预计那个极限还有多远,但是在拥有生的时日,我们四肢健全,生活平静,有什么理由动辄就轻言:我太痛苦了!有什么权利轻易放弃自己的生命？

我们该如何去学会珍惜呢？

保持纯真。用无法形容的耐心来治家，来对待现实生活，她所得到的报酬很大，那就是获得了丰富的人生智慧，而且保持了自己的纯真。人生什么事情最使我难过呢？穷困吗？不是。劳累吗？不是。人生最使我难过的是，一个有了些许成就却目空一切的人，一种美丽的女人当了几年主妇以后，脸上有了冷酷的表情。真诚待人的那种纯真，待遇不高却努力工作的那种纯真，为了助人不怕吃亏的那种纯真，耐心去感化恶人的那种纯真，以慈爱对待淘气孩子的那种纯真，为了尽责任而吃苦的那种纯真，这些"纯真"，保持住了一个人内心的纯洁，能使人的容貌永远那么可爱亲切，诚如罗曼·罗兰说过："只要有一双真诚的眼睛陪我哭泣，就值得我为生活受苦。"

保持长乐。惟有身处卑微的人，最有机缘看到世态人情的真相。一个人不想高攀，就不怕下跌，也不用倾轧排挤，可以保其天真，成其自然，潜心一志完成自己能做的事。

上苍不会让所有幸福集中到某个人身上，得到爱情未必拥有金钱；拥有金钱未必得到快乐；得到快乐未必拥有健康；拥有健康未必一切都会如愿以偿。保持知足常乐的心态才是淬炼心智、净化心灵的最佳途径。一切快乐的享受都属于精神，这种快乐把忍受变为享受，是精神对于物质的胜利，这便是人生哲学。偶尔裁剪一段时光留给自己挥霍吧，允许自己出神、发愣、甚或懈怠，张弛有度，寻求长乐。

保持品位。海明威在《真实的高贵》中说"优于别人，并不高贵，真正的高贵应该是优于过去的自己。"泰坦尼克号沉没时，世界第二巨富斯特劳斯的太太罗莎莉，把自己的位置让给了她的女佣，并潇洒地脱下毛皮大衣甩给女佣："我用不到它了！"这就是高贵，她不需要争夺什么，哪怕是最昂贵的生命！因为她的双腿受到了思想的限制，迈不开逃生的那一步，因为她的生还将意味着另个人的死亡。这种羞涩是自律，是自爱，是自然，更是对自己灵魂的盘点。人生是一场轮回，更是一场修行。生命之美，不在形貌。而在于你内心淬火炼出的一种独特的气质和品位。一个人保养自己的身体，莫如保养自己的心灵，那是一种无比圣洁的修养。

保持感恩。怀一颗感恩的心，感恩生命中所遭遇的一切，相信一切都是最好的安排。放下过去，不忧未来，安于当下。你的心灵就会得到清凉与安乐。大雾弥漫山寺间，僧家忙碌在心田。谁肯抱住孤独日，人在山中自然仙。对事物如果执着不让，就难除却，尤其心瘾难戒。对物生执，令心混乱。"真心"就隐而难显。如果被外在东西迷失了心灵，想回归清净的真心，就无望了。真正快乐的人生是不断关注存在的人生，时时刻刻用心体会美与爱的人生，是不断回归自我和审视自我的人生。在关注、审视的过程中，看自己有没有体验到感恩的愉悦和境界。

珍惜生命吧！生命虽然短暂，却可以让我们在这段旅途中尽情地享用着属于我们的欢喜悲愁，演绎自我的价值故事！也许很多时候都不可避免地要遭遇苦难，但是却也因为苦难造就了我们的成长和成熟。也许，正是因为生命的有限，我们才应该用自我的魅力来展现我们所追求的无限，用心走好人生之路，努力创造我们的无悔生命，这，就是生命的意义。

学会淡定

什么是淡定？在辞海、字典里竟一时找不到这条词目。我理解，所谓淡定，有平淡、淡泊和稳定、坚守的意思。简言之，就是一种使心行形成淡然稳定的力量。即使面对各种动荡的境况时，仍保有正确状态而不随其转变。

淡定是一种顿悟。人生不如意十有八九，如果世事都春风得意，那必然不是生活，而是白天的梦境。试想，人生四大喜事："久旱逢甘露，他乡遇故知，洞房花烛夜，金榜题名时"，有多少能如愿？人生三大痛苦，得不到想要的东西，得到后觉得不过如此，失去后懂得珍惜，有多少在生活中上演？人生三大欲望：金钱、权利和美色，有多少能够恒久？就如一杯清茶，淡定之人才能品出其中的清甜香郁。人生在千回百转之后，蓦然发现，独抱荒凉，倚水清歌，反倒是一种淡雅与真谛。

淡定是一种坦然。世间追逐的名利，终只是来回转手的戏法；楼兰古城的曾经繁华，终只是人去楼空的变化。尘世纷繁浮扰，缺少的是坚持和淡定。只有淡定，才能认清生命中最有价值的东西；只有淡定，才能抵制繁杂的诱惑与邪恶。有人说，能够到达金字塔顶端的动物只有两种，一个是苍鹰，一个是蜗牛。苍鹰拥有傲人的翅膀，而蜗牛没有翅膀却能够登顶，是因为它有一种淡定与宁静。宠辱不惊，闲看庭前花开花落；去留无意，漫观天外云卷云舒，又何尝不是一种幸福？

淡定是一种精神。老子曰："五色令人目盲，五音令人耳聋，五味令人口爽。"灯红酒绿的绚烂，让我们遗忘了返璞归真的宁静；物质名利的缠绕，让我们遗忘了抬足起步的梦想。"非淡泊无以明志，非宁静无以致远"的良言，依然如黄钟大吕，警示后人。

无数智者曾说过，淡定安宁是人们通往神圣精神家园的重要路径之一，失去了淡定安宁的心境，便失去了谛听心灵的机会。淡定安宁反倒覆盖于人们朴素简单的躯体上，不断闪烁在田野泥土的芳香中，夜晚漫天的繁星中，山间质朴的农耕中及劳作了一天的疲倦的邻人之间的闲谈中。

学会淡定,这不仅限于钟情于垂钓艺术的人而言,也是对所有向往淡定之境和怡然之乐的生命个体所说的。为什么在空前繁忙的欲望年代中,在物质极度膨胀的今天,却难以寻觅到它的身影呢?

原因在于,人们已然失去了充盈的心灵和敏锐的感受力,失去了独处和安静的能力,他们在激烈的社会竞争和陀螺般机械重复的工作中,折磨了灵魂,麻木和冷漠是重要的表征。在对物质的盲目而疯狂的追求和索取中,忽略了精神的需求。他们不能允许自己有片刻的停顿,也不能忍受与自己相处的时刻。孤寂并不好受,他们宁可在喧嚣中死去,也不愿在沉默中抓住淡定安宁的手。回过头来想想,我也曾浮躁迷茫过,但是良好的阅读思考习惯,使我最终还是选择了淡定安静。没有淡定安静的心态,我不会写出一篇文章。一个人要想有些收获,有点成绩,就必须用自己的淡定安静去击败自己的浮躁。

如何学会淡定呢?首先必须寻回充实的心灵。如若失去灵敏的感知，失去感官纤细敏感的触角，即使调整好心态，也无从知晓，更无法从淡定之中获取滋养身心的养料。学会淡定须有精神底蕴的支撑。人生如若失去精神底蕴，人就会整个崩溃，淡定也无从说起。永不间断的阅读和思索便会源源不断地充实你的精神底蕴。其二，必须去除芜杂的欲望和纠结的碎念。人们之所以不能在淡定中栖身，是因为追逐的欲望太多，久而久之，活在焦虑和不安之中而不能自拔，甚或被折磨得身心俱疲。淡定是属于所有敞开的人和事物的，当最初的心灵被欲望的风暴和泥沙所掩埋，美好的一切也会随之被遮蔽在漆黑的暗处。其三，必须学会守住自己。当淡定之境悄然来临时，所有曾经的甜美回忆和未来憧憬都会呈现在眼前，犹如身处湖水般迷人的烟雾中，享受着淡定安然的自由，守住现在，守住你自己，去探寻精神世界未知的地域或缄默的宝藏。

　　淡定无处不在，与我们生死与共，它是生命最根本的诉求，也是亟待找回的迷失已久的一方乐土。生活总有波澜，一颗平静的心是最好的依靠，淡定即是归处。今天所在乎的名利，在时间面前都是过眼烟云。放不下，便痛苦；

放下了,便释然。倘若能找回心中的那份淡定,能品味"嚼得菜根香"的甘之如饴,也便找到了一种人生姿态,一种精神皈依,一种价值高度。

学会超脱

前不久,我与一帮农场战友见面叙旧,感触颇多。曾经在一起挑灯夜战,风餐露宿,转眼三十八年过去了,真是弹指一挥间。生活是一本用甜美和苦涩的语言写成的书,我们可以从中领悟生命的内涵。生活还是很累,一半是为了生存,一半是为了攀比。有道是,人生如赛场,上半场按学历、职位、业绩、薪金比上升;下半场按血压、血脂、血糖、尿酸、胆固醇比下降。比来比去,不知老之将至,生活都小康了,还要比什么呢?感悟至极,比生活的超脱和心境的放松,这是明白人的想法和结论。

回家想想,超脱和放松还真不易做到。或者说,真要达到这样的生活境界,起码需要具备三个要素。

其一,要有真性情。对生活观念要有所领悟。苏格拉底说过,"未经思索的人生不值得一过。"是的,我思索自己的人生，最重要最看重的，一言以蔽之，就是真性情。尽管现在大多数人生活安康了，但我并不把这看作人生的主要目标，觉得只有活出真性情才是没有虚度了人生。所谓真性情，一面是对个性和内在精神价值的看重；另一面是对外在功利的看轻。生命是外在不断变化的过程，这个过程包括两个方面，即减少我们生活的物质一面和增强我们生活的精神一面。一个人可以将自己看作是一种肉体存在，也可以将自己看作是一种精神存在，当你把自己看作是一种精神存在时，你便获得了自由。生活中，大多放不下的东西，最后都成了生命的累赘。沉醉于欲望中的人会逐渐发现，身体不再是承载快乐的工具，而是一个无法逃离的痛苦的重荷。有了这样的对生活观念的领悟，便有了生活中超脱和放松的思想基点。人要在"务实"中生存，更要在"务虚"中提升。

其二，要有归零的精神。每隔几年就要全面的归零，即我们常说的成绩属于过去，一切从头开始，这么活着才会抖落包袱，才会放松前行。这是一种超脱的生活境界的选择。关于人生幸福的最简单的法门：让未来到来，让过去过去。法国作家纪德说过:"人的一生在我看来就是一次长途旅行。"回顾我的人生旅途,我的认知也是变化的:小时候,幸福是一件东西,拥有就幸福;长大后,幸福是一个目标,达到就幸福;成熟后,发现幸福原来是一种心态,领悟就幸福。为何要有归零精神?因为活得简单有多好,人生永恒的奢侈品不是 LV 包,不是法拉利,不是别墅洋房,不是金钱,不是权力,不是轰轰烈烈,不是鲜花掌声,只是简单,只是内心的安宁。而这些,只有你在活到执于欲念而痛苦地放不下时,才会发现;只有具备归零精神的时候,才会实现。静下心来想想,人一生除了吃饭睡觉,剩下的时间并不算多。拥有生的快乐,就有死的痛苦;得到了一些东西就会失去另一些东西。如果我们每个人都能攀上归零精神的制高点,做到于利不趋,于失不馁,那我们就会拥有一片属于自己的天空和精神家园,生活就会更幸福。

其三,要有钝感生活的智慧。所谓钝感,即是对待生活中的人和事,感觉迟钝一点,不要太敏感。生活有时就像一片沼泽,充满了纠葛、麻烦、失意和痛苦。如果事事上心,时时敏感,我们便深陷其中,不得自拔。生活之中,无须太较劲,用钝感的心态处理人际,反而能让复杂的人事关系变得舒畅和谐。钝感是一种生存的能力,是左右生活状态的强大而持久的力量。爱情钝感一点,相互宽容,不必斤斤计较,婚姻会更加美好。真正的婚姻不是生活一辈子不吵架,而是吵架了还能生活一辈子。工作钝感一点,做好本职,对周围的嫉妒、刁难不过于敏感,事业会更加腾达。钝感也是一种超脱的态度,心境平和,宁静致远。钝感更是一种豁达的智慧,不计得失,宽心过日。钝感的生活,放牧心灵,自得其乐。人不是因为弄清了一切的奥秘与原委才生活的,人是因为询问着、体察着、感受着与且信且疑着才享受了生活的滋味的,不知,不尽知,有所期待,有所舍弃,所以一切才这样的迷人。

大多时候,都是生活选择你,而不是你去选择生活,尽管如此不情愿,可是必须去面对。生活超脱放松一点,却是你的主动选择。要达到学会超脱这样的生活境界,还须获取对生活观念的领悟、路径的选择和生活状态的智慧。

学会拿捏

几年前,有一位年轻的读者对我说,有个问题一直困扰着他,即他总爱用别人对自己的认可度来衡量自身的价值,久而久之就成了讨好型人格。处处讨好别人,让他变得极度敏感、忧郁,不惜委屈自己,渐渐失去了内心的自由。

为此,我写了一篇文章,大意是:在生活中有时不要太在意自己,没有必要在意别人的评判和认可,不管你是谁,你做了什么,哪怕遇到挫折和不顺,倒不如放轻松些,置之一笑,否则的话,你要实现内心的自由与平和会很困难。照此践行,又有人产生疑惑,有些人毫不考虑社会反应和他人认可,一味我行我素,不在意自己,无疑也会碰到许多钉子和烦恼,事情如此这般,又该怎么办呢?

对于社会的大多数人来说,社会认可与内心自由的矛盾普遍存在,怎样拿捏社会认可与内心自由之间的尺度,这既是个哲学问题,也是许多人都要面对的实践问题。对此,往深处细想,我以为,过分的不在意或放纵自己和过分的在乎社会环境的认可都有偏颇之处。

究竟如何学会拿捏社会认可与内心自由二者之间的尺度?我看关键是一个把握好"度"的问题。

首先,最好做到二者兼顾,既要获得社会的认可,又不太在意自己,获得内心自由。譬如选择既有成就又是自己喜欢的职业,选择既有业绩又是自己爱做的项目,选择既有合作成果又是自己喜欢的合作伙伴,如此等等,这里离不开许多做人的艺术和技巧,确实需要费点心思。生活总是这样,你以为失去的,可能正在来的路上;你以为拥有的,可能正在失去的途中。

其次,当社会认可与内心自由二者之间不太容易兼顾时,要善于在二者间作出取舍,要划定内心自由领地不可侵犯的底线,坚韧保护心灵的自由。我们要追求社会及他人的认可,但只能适度地"察言观色",适度地示弱"讨好他人"。如若过分,整个人都崩溃了,社会认可还有什么意义？有时，失败并不意味着你浪费了时间和生命，而是表明你有理由重新开始获得社会的认可。

再者，对社会认可本身也要学会取舍。前提是区分社会认可的轻重次序。如你将事业放在首位，那么与事业无关的许多人际关系应酬就要尽可能删减或回避。为了大的社会认可，你必须放弃处处做好人的奢望。如你将家庭看得特别重要，那么，影响家庭生活的许多交际都要省略、舍弃。谢绝邀请会使一些朋友不满意，但你不能讨好一切人。

由此再细想下去，对他人哪种程度的"讨好"是必须的，哪种程度的"讨好"又是多余的，都要学会拿捏，掌握其中的取舍分寸。分寸感不仅仅是由一个人的经历造成的，它取决于这个人对各种遭遇的领会能力。重要的是我们不仅要看到事物的一面或规则，更要能善于发现事物的例外。这样才能真正学会拿捏，把握分寸，从容取舍。

社会认可很重要，可自由和洒脱更重要。

学会择友

人的一生中,总会遇上交友的问题。如何交友,关键是如何把握择友的尺度。诗经上说,靡不有初,鲜克有终。意思是说,人和人之间的交往,都是美好的开始,但很少有圆满的结束。若是人生都可如初见,这世上该会少了多少憾恨。记得作家木心曾经说过一句非常有名的话:择友须三试——试之以酒,试之以财,试之以同逛博物馆。堪称择友之秘籍宝典。

试之以酒。人们经常说,酒能乱性。生活中有不少人把自己伪装得严严实实,喝酒后,往往会卸下平日的面具。喝高者,要么对自己取得的成绩侃侃而谈,炫耀一番;要么痛哭流涕地诅咒怨恨自己怀才不遇,自甘沉沦。

相反,有些人喝酒时仍如平时谦谦君子状,或默默倾听,或淡淡地说上几句实在而中肯的话,或不太爱惜自己,畅怀豪饮而并不失态，这样的人谦和、真诚、豪爽，表里如一，值得一交。

试之以财。生活中有很多人见利忘义，见钱眼开，只要遇到机会，就把心中的道德观念和做人底线抛到九霄云外。什么朋友情谊，什么法律条规，什么道德信仰，都被他弃之如敝屣，有的甚或以怨报德，廉耻不顾。对这样的人，最好敬而远之，一拍两散吧。

相反，有的人无论面对多少金钱的诱惑，美色的引诱，都能坚守做人的底线——诚实、厚道、善良、节制。这样的人敬畏良心，敬畏规则，敬畏天地，贫贱不移，威武不屈，富贵不淫，是我们最为理想可靠的朋友。

试之以同逛博物馆。博物馆里宝藏甚多，面对琳琅满目的名人字画，玉器古玩，有的人赞美器物的精巧细致，鉴赏艺术品的深厚内涵，而有的人却恨不得立时将这些宝贝收入囊中，占为己有。只关注占有，不关注存在，是人生目标的错位。因为不少人的一生只是占有了很多东西，却并不是真正意义上的存在。

前者是君子襟怀磊落之态，后者是贪者贪婪之态，孰优孰劣，不言自明。

三试之后，你基本上已学会了择友之道，若要加一条，还应该关注这个人喜不喜欢阅读，有没有情趣，这是达成朋友之间情谊长久圆满境界的关键之处。

在这个浮华喧嚣人心浮躁的时代，选择什么样的人做朋友，更显得尤为重要。真朋友是什么样的？我以为，真朋友必定有灵魂的投契，共同的兴趣，可以无话不谈。真朋友最大的功用是令自身感觉温暖、融洽，归根到底都要以双方感到舒服为前提。

学会拒绝

人生有许多拒绝，拒入圈子，拒挂头衔，拒赴宴请，拒纳礼品，拒受恩惠，拒追时尚……虽然有时不得不放下面子，不得不忍痛割爱，但更多的是坦然和淡泊。世间黑白分明，拒绝也是人之常情。

要知道，这个世界上有太多无聊的人和毫无价值的事情、麻烦，你如果不懂得从中抽身、抽心，那么就可能陷入其中不能自拔乃至葬身其中。所以，拒绝不是溃败、懦弱、消极，相反，它是一种胜利、勇敢、积极。每个人都有美好的憧憬和理想，为了实现它们，就必须付出辛勤的汗水。而且，这种付出不是一时的心血来潮，而是一生的责无旁贷。如果你因为别的事情分了心，时间也会被杂念瓜分得支离破碎，那么你这憧憬、理想的主业就会受到摧残、伤害，甚至可能由硕果累累转化为颗粒无收。这都是因为不懂得拒绝的缘故，如果早一点学会拒绝、退出，就不会受此损伤了。

拒绝是专一，是真正意义上的抱负，是更深层次上的进取。杨绛所著《走到人生边上》有一段叙述：抗战胜利后，国民党政府某高官曾许钱钟书一个联合国教科文组织的职位。钱钟书一口拒绝不要。在联合国任职很理想，他为什么一口拒绝呢？钱钟书的解释是："那是胡萝卜。"他不爱"胡萝卜"的引诱，也不受"大棒"的驱使。他"不吃胡萝卜"是他的性格，也是他的自由意志。季羡林曾拒"三项桂冠"，还来自由身；孙犁曾拒出国和"罢序"，赢得恬淡高雅。"质本洁来还洁去"。生活中，利益多多，关系多多，诱惑多多，许多"胡萝卜"招人艳羡，熟人朋友的不吃，"君子之交淡如水"，自有一种神交神韵；下属的不吃，工作情谊清如水，自有一种志同道合；上司的也不吃，清清爽爽不报私恩，自有一种底蕴底气。

拒绝是淡然，是真正意义上的潇洒，是内心深处的放下。人到无求品自高，去奢望，守一份贞洁；避喧嚣，得一份高尚。从外界中容易做到拒绝，可是从内在的世界里就不那么容易做到拒绝,因为这种拒绝,在一定外力的提醒下,主要靠自己说服自己、自己战胜自己,而这样的过程是世上最艰难的过程,因为人最大的敌人,不是别人,而是自己。这样的拒绝,就像一个人的战争,战争的双方都是自己,自己跟自己较量,而结果必定是那个懂得谦虚、忍耐、豁达、宽容的自己获胜。

拒绝是睿智,是真正意义上的豪迈,是更博大的胸怀。"威严不足以易于位,重利不足以变其心。"立人格理想,修浩然正气,保持精神的恬淡和安宁;"贫而无谄,富而无骄",保持心灵的高贵与坦然,便是一个大写的人。拒绝不是无情物,思想深处见光华。人生最大的智慧,如用八个字概括,即为"进退适宜,取舍得当";如用两个字概括,即为"知止"。一个人在自己的爱好面前,就是最软弱的时候。这个时候,如果学会拒绝,懂得知止,才能把命运掌握在自己手中。

拒绝是觉醒,是真正意义上的领悟,是一种巨大的内在力量。人身上主要有三种重要的特质,即生命、自我与灵魂。"觉醒"也同时与这三者有关。生命刚开始是非常纯粹的，但步入社会，可能越来越多关注仕途、权利、财富等，这可称之为生命上的"社会堆积物"。但是，我深知，人不能永远为了这些东西而活，应该保持清醒，生命本身的需要很单纯，却往往会是一些平凡、永恒的需要，比如和自然的交流等等，但我们却忽略了。随大流很容易，但作为"独特的自我"生活很难。

如何学会拒绝呢？我以为：一要有坚定的价值观，不被社会的习俗和潮流左右；二要有清楚的自我认知，知道自己的禀赋和志业之所在；三要有强大的精神自我，知道灵魂的高贵和自由，不被外部事件和遭遇左右；四要最大限度地保持内心的平静，因为知道没有什么能夺走你内在的珍宝，使你的人生失去方向和意义。

第三辑

阅读的意义

记得但丁说过:"人不能像走兽那样活着,应该追求知识和美德。生活于愿望之中而没有希望,是人生最大的悲哀。"读书,是追求知识和美德的阶梯,是为了遇见更好的世界,更好的自己。

阅读具有一种向上的力量。书籍其实就是精神生活的入口。学史可以看成败、鉴得失、知兴替;学诗可以情飞扬、志高昂、人灵秀;学伦理可以知廉耻、懂荣辱、辨是非,都是对生命的熔炼和升华。

阅读具有一种熏陶人性的功效。人通过读书,在幽幽书香潜移默化的熏陶下,浊俗可以变为清雅,奢华可以变为淡泊,促狭可以变为开阔,偏激可以变为平和。读书被誉为"生命的美容"。

阅读还能养成人的书卷气质。书卷气是一种饱读诗书后形成的高雅气质和风度，是良好素质的表现。书卷气具有一种内外一致的气韵美、动静结合的灵动美，真正的书卷气应当与博学、谦逊、高雅、悲悯情怀等人类美德联系在一起。

时下，市场经济的名利考验，网络时代的信息浪潮，让一代读书人面临"平静书桌"不再平静的问题和困惑。不同的是，它拷问的是怎样对待精神生活、如何安顿心灵家园。这一时代之问，需要我们用心去回答。

阅读是获取真知灼见、培养独立思考能力和想象力、创造力以及修身养性的主要途径。一个读书人，永远不会沦落为精神世界的卑微者。法国哲学家笛卡尔说："阅读优秀的书籍，就是与过去时代中最杰出的人物——书籍的作者——进行交谈，也就是和他们传播的优秀思想进行交流。"面对商业大潮和名利诱惑，使得不少人把悠闲的时光留给了应酬，把喜爱的东西留给了价格，把精力和激情留给了浮华和功利。尽管如此，它都无法冲垮读书人的底线，因为人最后的救赎是从自己的内心寻找力量。读书使我们获得内心的淡定与从容，读书令我们造就健全的人格，这才是人生最曼妙的风景。

人生像一本厚重的书，扉页是我们的梦想，目录是我们的脚印，内容是我们的精彩，后记是我们的回望。凯勒说："一本新书像一艘船，带领着我们从狭隘的地方驶向生活的无限广阔的海洋。"阅读正是为了自身修养的提高，是为了人生境界的升华，是为了生命意义的崇高。

读书关乎心灵

读书是为了什么？不少人的看法是片面的。他们把读书的目的理解为是为了提高自己的竞争力，把读书看作一种为提升竞争力而进行的活动。其实，读书在我看来是一种生活方式，是一种活法。

人不是为了有用才去读书，因为某一个功利的目标而去读书，当然，如果读书是为了提高自己的就业能力，或者是让自己成为有文化的人，这些目标当然也不错，但尚未抵达读书真正的境界。因为，真正的读书人并不为什么而读，读书只是他日常生活的一部分，他在书中获得了一种内在的快乐。英国作家毛姆说过："阅读应该是一种享受。养成阅读的习惯等于为你自己筑起一个避难所，几乎可以避开生命中所有的灾难。"

在当今社会，人们事事以成败论英雄，读书也常被当作通往成功的一条路径。成功学著作风靡，已不是这几年的事了，自从它们诞生后，便成为图书市场的宠儿。但就如我们所看到的，读过励志书的人，并未在阅读之后精神焕发，然后志存高远、悬梁刺股、夜以继日。因为这些书讲述的，只是一个个他人成功的模式化的故事，能起的作用大抵是暂时刺激一下阅读者的神经。我从心底认为，读书的最高境界是为了追求智慧。读书是件关乎心灵的事，好书给人的馈赠往往也是思想和心灵上的。真正能够起到励志作用的书并非成功学著作，也不以励志为直接目的，而是通过帮助读者一步步建设心灵，使读者自觉地实现自我价值。智慧是人对宇宙、自然、社会、人生的通透的悟性，能够参透天地，让人达到一般人无法企及的高度和深度。读书是为了获得智慧，那是一种远比成功更高的境界。

当然，读书的前提条件是要读好书。首先，好书让人心生敬畏，促人自知、自省，并进行不断地学习。中华文化博大精深，好书不胜枚举。真正的书中良品，能让读书人了解知识的精深，胸怀与精神的清朗，自惭于自身的少知与浅薄。好书使得读书人不敢妄自尊大，不断激发他们的求知欲，使他们主动把精力放在学习求索上。读书人真正盼望的，是通过经年的努力与积累，让精神避免躁动和浅薄而接近澄澈。

同时，好书能培养人的心性，砥砺人的品格。好书来自于作者废寝忘食的真诚创作，凝结了作者尽心体察的智慧以及经年的积累。那些平实精到的表述，严谨克制的低回，深沉宁静的思想更能打动人、影响人，润物于无声。好书往往娓娓道来，并非套用统一的模式讲述类似的故事，因此每一次阅读都会成为一次心灵之旅。人最可悲的是没有主心骨，寻不到自己。书籍在浸润心灵和感染精神后，最为重要的功劳是教人成为自己。好书助读书人自省自知，也使他们的心境变得更为开阔，学会更加尊重他人和环境，更加尊重自己。

所谓成功的路径，并非励志书里说的那么单一，成功的真正定义，理应是在自身最喜欢的领域做出成绩，成为自己想成为的。读书关乎心灵，读书渐少又渴望成功的当代人，更需要好书的感染和浸润。心灵丰盈了，意念坚定了，励志的路才会真正走好。当外界喧嚣浮躁时，唯有书籍能使人心静,让在人世间劳作的灵魂得到慰藉。书能够以某种方式阐明独特的人生,能够拓展我们对以前不曾注意到或不曾表达过的存在的理解。

阅读的应有之义

当你越来越习惯于手机"微阅读"的时候,你已不由自主地被手机改变了。手机阅读确有一种神魔性,它迎合了人性的弱点。为什么很多人沉迷其中?就是因为这个。它具有一种即刻消费的特点,很轻松,不费神。渐渐习惯在电脑上阅读,尤其是开通了实名微博后,从头读到尾。后来发现这样不行,太沉迷其中了。又有了微信,始觉好玩,渐渐离不开手机了,不知不觉中,变成了一个手机族。

不瞒你说,这样的阅读状态,让我产生了一种恐惧感,发现自己没有了读书的时间。而且,这些微信、微博上的内容大多是"信息快餐",90%的内容看完就忘记了,为了记住10%的东西,而浪费了90%的时间,这样做真是不值得。

经过思索,我以为,这种阅读可称之为表层阅读。表层阅读很愉快,不太耗费脑细胞,不怎么需要你思考,不少东西既不过脑子也不走心，只是经过表层的碰撞，激起某种愉快或者某种情感，然后就过去了。我们身边经常能看到很多"手机控"，舍不得离开手机，也许这是一种积极的休息方式。但是，如果你没有一种警惕，慢慢让手机上的"微阅读"侵占你所有的空余时间，久而久之，它会成为你的一种阅读习惯，甚至是思维方式，你便不由自主地被手机改变了。

手机阅读到底算不算阅读？要分清两个概念，一个是知识，一个是资讯。人们通过微信、微博阅读到的大多是资讯，而不是知识。资讯是碎片化的，而知识是完整的，是整体的，它不是以碎片的方式存在的，它一定有一个体系，以一套整体的系统来解释世界。

新媒体由于具有极大的交互性和传递的迅速性，因此它更适用于快速浏览的阅读。现在不是一个资讯匮乏的时代，而是一个资讯爆炸的时代，大家阅读手机的时候大都是匆匆浏览，有谁会认真地一字一句去读？即使是某种知识，也会把它当成一个资讯化的知识迅速加以处理，所以它势必是碎片化的。

因此，手机阅读从根本上说和读书是有区别的。手机阅读大多读的是资讯，而读书则大多读的是知识。

碎片化阅读的后果就是"毁三观"。因为"三观"是人们对宇宙、自然、社会的一整套观念和理解，而今天由于知识的碎片化、资讯的零碎化，不少人是通过各种碎片的知识和资讯，"拼凑"起自己其实没有世界观的"三观"，乃至他们的表达方式也是破碎的，没有内在的逻辑。

今天，我们正处于一种阅读方式的变革中，它挑战的不仅是一个阅读的问题，而是一个人类文化的问题，是一个知识积累的问题。从这点而言，强调传统阅读很重要。这并不是说书本那么重要，我们非要靠纸质的东西来支撑阅读。也许有一天纸质书会灭亡，而阅读是不会消失的。所以，阅读的载体并不重要，重要的是书本这种传统阅读方式所强调的阅读是一个完整的体系性的知识，这正是阅读所应有之义。重要的是要把读书看成是你日常生活的一部分，如果不读书会觉得生活有残缺，这样才算是一个爱书人、读书人。

读书也可"不求甚解"

说起读书,人们想到的往往是"学懂弄通""深刻领会",准确地说,这是学习性的阅读,而不是我们平时所讲的一般性阅读。这种方式不是读书的唯一方式,更不是读书的最佳方式。古人云"读万卷书,行万里路",也就是说读书要有"量",如果每本书都要"学懂弄通",恐怕这一辈子也读不了几本。

"不求甚解"在很多人心里可能是贬义词,等同于马马虎虎,稀里糊涂。其实,"不求甚解"是一个非常重要、也非常有效的读书方式。"不求甚解"出自陶渊明的《五柳先生传》,这是陶渊明的一篇自况文,文中叙述了他安贫乐道、不慕荣利的志趣。他说自己"好读书,不求甚解;每有意会,便欣然忘食"。

这里所说的"不求甚解",也不是仅指读书有精读与泛读之分,实际上就是不执著于一字一词的理解,而他所追求的那种"意会"的境地,则是对书中道义的理解和感悟,每至于此,陶先生连饭都忘了吃了。显然"不求甚解"本无贬义,强调的是不要死抠字眼,而要抓住精神,理解内涵,这样才可能"学富五车",才能"博览群书"。而每每读书都去钻死牛犄角,那就像鲁迅先生笔下的孔乙己,总是纠结于"回"字的几种写法,如此读来读去,又有何益,不过是多了几个书呆子。

当然,这里所说的阅读,不是中小学的知识性学习和成人的专业性学习,学习当然应该"一丝不苟",应该"学懂弄通"。我们常说的阅读,实际上是一般性泛读,其阅读的目的也不尽相同:有的是为了扩大自己的知识面,有的是为了提高自己的素养,还有的就是为了休闲娱乐。我以为,读书是获取真知灼见、培养独立思考的能力和想象力、创造力以及修身养性的主要途径。

所以,阅读并不都需要那么认真。阅读可以分为多种方式,如:略读,即快速阅读,主要是阅读一般性的文章,是为了了解和掌握文章的宗旨和大意;通读,即泛读、粗读,属于消遣性阅读,如看小说、散文等文学作品,这种阅读适合于较长的文章,其理解是综合性的,其阅读过程就是一种享受;查读,即跳读,就是快速查找所需要的信息,其阅读目的明确,只看相关的内容,如时间、地点、数据等,与此无关者,一律跳读;扫读,就是泛泛地浏览,如晚上睡觉前翻翻报刊,看看题目,走马观花,感兴趣的内容多看几眼。至于你用哪种方式阅读,主要看你的阅读目的和阅读条件,以及你的阅读习惯。这些阅读方式虽也存有不同,但"不求甚解"则是其共同的特点。

不求甚解,不是不认真,而是没必要"甚解",没条件"甚解",或者是你阅读的材料不值得你去"甚解"。适当地把握好"不求甚解"这一读书的方法,可以扩大你的读书量,同时也可能因为你忽略了一字一词的细枝末节,一心追求"意会",而大大提高你的阅读质量。总之,万变不离其宗,阅读是一种向上的力量,书本其实就是精神生活的入口。读书,正是为了遇见更好的世界,更好的自己。一个读书人,永远不会沦落为精神世界的卑微者。

选择与放弃

人生面临选择,我们无时无刻不在进行选择,毫不夸张地说,我们一直在马不停蹄地选择着。而越来越富足的大千世界源源不断地提供了许许多多的"这个那个",足够让我们舍不得放弃"这个",也舍不得丢下"那个",直到头昏脑胀,找不到北。面对可以选择的数量越多,人们反而越担心自己的选择不是最佳的——头脑已经被太多的"这个那个"弄得"选择超载"了,以致精疲力竭。而选择的数量越有限,人们的心态就会越坦然,选择也就变得轻松自然了。

一个人,走到最后,生命有大写意,不过是在最要紧的时刻,正确地选择过。胸藏大丘壑,不过是在最关键的时候,决绝地放弃过。

当然了,人生走向了困境,不是没有做过选择,就是做过太多的选择。要么忙于追随别人，要么疲于应付自己，最终，应接不暇，自己把自己拖垮。每个人的一生都难免有缺憾和不如意，也许我们无力改变这个事实，而我们可以改变的是看待这些的态度。人世的智者，能将喧嚣的世事捻于指尖，控于手掌，不过六个字：拿得起，放得下。审时而拿，度势而放，智者不是聪明，智者只是简单。这个世界，更多的聪明人都成了庸人，他们该选择的时候，因考虑太多而错过了机会；该放下的时候，因纠缠太久终无法自拔。

该放弃的时候，无需选择。该选择的时候，不能放弃。前者决定你能活得多轻松，后者决定你可以走多远。其实，生活中，太多放不下的东西，最后都成了生命的累赘。而错过了的选择，也会在某一刻回首时，后悔到，硌疼自己。有时候，学会放弃也是一种更好的选择。

人生好多时候，选对了也得选，选错了也得选。糟糕的人生，不是因为你选错了，而是因为你始终放不下这个错，最后又一错再错。反过来，有价值的人生，也不是一开始就选对了，而是即便选错了，也敢于将错就错，百转千回，终于拼出一条正确的路来。

一旦选择了，就不要在对与错上计较。因为，计较的结果，只会是自己跟自己过不去。对了，就去感谢生活；错了，就跟自己说，你是人，不是神。就这样，学会与自己和解，学会与生活和解。

有时候，只是一念之差。一念选与不选，一念放与不放，便一念一悲喜，一念一江山，一念一人生。人生一世，绝大多数时候，我们会走"平坦的大路"。但事情的结果往往是这样的：越是"平坦的大路"越难走，前景也越来越窄；越是起步艰难的羊肠小道，柳暗花明的几率也就越大，希望也就越大。究竟是为什么？

道理很简单。有些路，因为看起来好走，选择的人也就很多。因为走的人越来越多，竞争的压力也就越来越大，大家对生存资源的争夺也就越来越激烈。所以，"平坦的大道"并不平坦。

所谓选择，有时候就是这样一个悖论：因为贪图从容与简单，所以面临复杂与艰难。

选择，是上天赋予的权力。你可以选，证明你拥有自由，你可以选多少，证明你自由多少。一个人，能独一无二地活在这个世界上，是因为你独一无二地选择过。这个权利，你放弃一点，就会少一点，当你放弃完所有，这个尘世里，便再也找不到你。

做一个勇敢的人，用生命的力量去化解那些选择的遗憾；这理性制约下所表现为一种自信与镇定。一个人的自信来自于自己内心的淡定与坦然，"仁者不忧，智者不惑，勇者不惧。"用内心的强大化解生命选择中的缺憾。用我们睿智的思考和奋发的行为诠释自己的生命，用热情而奔放的气质对待人生的风雨路程。

写到这里，当我再一次想起诗人罗伯特·弗罗斯特的那首《未选择的路》，一些稔熟的句子脱口而出："我选择了另一条，天经地义，也许更为诱人，因为它充满荆棘，需要开拓……"人生只有一次，一辈子若只拣最平坦的路走，真的了无趣味。

心路与心境

每个人的生命都是从自己走向另一个自己的历程。这种转化,是在不知不觉中悄然完成的。婴儿被娩出母体,来到这个世界,从第一声啼哭,便开始了自己的人生之旅。自然力让每个人无一例外地走向衰老,就像它当初让你从"丑小鸭"逐渐发育成生机蓬勃的少男少女一样,这一切都完成在你的不知不觉中。生命,因短暂和仅有一次而显得更为宝贵。生命有起点,必有终点,穷富贵贱,终点一样,死亡。所以,老天公道。

生命之路,有人走得长,长寿百岁者大有人在。有人走得短,英年早逝者也不少。生活中走路短一点轻松,但生命之路,还是长一点更好!我们的生命是由许多片刻组成的,但是我们容易在青少年时代生活在未来,在中老年时代沦陷于过去。真正融入片刻,天真无伪生活的只有童年时代了。保持一颗童心对于延长生命之路有多么重要。

生命之路，心态决定快慢。心态好的人知道如何慢一点，因为只有慢一点，才能欣赏一路的风光。心态差的人只知道快，沿途的风景，什么也看不清楚。所以生活的道路可以选择。

一个人，走到最后，生命有大写意，不过是在最紧要的时刻，正确地选择过。胸藏大丘壑，不过是在最关键的时候，决绝地放弃过。当然了，人生之路走向了死胡同，不是没有做过选择，就是做过太多的选择。

心态好的人，不是生活中走得最慢的人，而是走得最快的那个人，因为他有确定的生活目标，并且知道快慢进退自如，弯路很少，一路走来轻松惬意，享受过程。心态差的人，正好相反，没有目标，到处乱撞，没有节奏，不知留白，一路奔命，一路疲惫，一路痛苦，好像前面有座金山，其实啥都没有。所以，好心态，应当修炼，逐渐生成。

路上有春夏秋冬，有阳光明媚和淡烟疏雨；也有山路沟壑和狂风暴雨，路上啥都会遇上。这才精彩，才有意思。

人生有两条路，一条是看得见的路，即自己的经历。一条是看不见的路，就是自己的心灵之路。看不见的心路，决定着看得见的路。在这个充满喧嚣和浮躁的年代，心灵是生命富足与喜悦的泉源。所以，要走路，先修心。

人生有两条路要走，一条是必须走的，一条是想要走的，你必须把必须走的路走漂亮才可以走想走的。

方向在哪？在心里，也在嘴上，人生之路都是陌生的路，不妨问问别人。问谁？三人行，必有我师。我们要做的是不耻下问，见贤思齐。

人世的智者，能将喧嚣的世事捻于指尖，控于手掌，不过六个字：拿得起，放得下。审时而拿，度势而放。智者不是聪明，智者只是简单。这个世界，更多的聪明人都成了庸人，他们该选择的时候，因考虑太多而错过了机会；该放下的时候，因纠缠太多终无法自拔。该放弃的时候，无需选择。该选择的时候，不能放弃。前者决定你能活得多轻松，后者决定你可以走多远。其实，生活中，太多放不下的东西，最后都成了生命的累赘。而错过了的选择，也会在某一时刻回首时，后悔至极。

路如何走？脚踏实地，扎实迈步。不积跬步无以至千里，贵在持之以恒。有时要停下来，回头看看自己走过的路，如果发现走错了，还有重新选择的机会，可谓磨刀不误砍柴工，回头不误赶路程。路如何走？仰望星空，思绪纷呈。认准方向，勇往直前。说的是决心，不代表脚下的路是笔直的，是一路坦途。我们的路，往往是曲曲折折，坎坎坷坷，一路艰辛，不停摸索，才是人生。

鲁迅说过，世上本没有路，走的人多了，就有了路，此话是真理。第一个开路先锋，逢山开道，遇水搭桥，他们是读无字之书，走无路之路，最是艰辛。

走在路上，有时会深陷绝境，无路可退，所谓置之死地而后生，没有退路，只能拼命一搏，往往会博得生机，杀出一条血路。背水一战，用的就是此战术。卢梭说过，悔恨在我们走好运时睡去了，但在身处逆境时，却更强烈地感觉到它。看来路不仅在脚下，更在心里，心路更重要。

人生之路，一旦选择了，就不要在对与错上计较。因为计较的结果，只会是自己跟自己过不去。对了，就去感谢生活；错了，就跟自己说，你是人，不是神。就这样，学会与自己和解，学会与生活和解。记得帕斯卡尔说过："人类所有的痛楚都来自于我们不能在房间里与自己独处。"这样你的心路才会愈加宽广，才会让灵魂的翅膀挣脱"放不下"的沉重羁绊，翱翔出一种完美的人生，从而舒心快意地去拥抱纯净的快乐。

由"真水无香"说开去

平日读书，随意记来，近日温故，觉得不少名言、格言都是有智慧的。比如"真水无香"，又比如"真人无名"。记得把这两者合成一个对子，似乎有点玄妙，遂请当代金石篆刻家陆康老师刻印把玩，这已是十多年前的往事了。

"真水无香"是清代篆刻家蒋仁的印文，以浅显通俗的比喻，表达深邃的道理。细细品味这四个字，犹如漫步沙滩，突然拾得块闪光的琥珀，非常高兴，又觉得像在月圆之夜步入空庭，清朗月光在刹那间照遍心田，浸透了肺腑，有种莫名的感动。宁和、透彻、充满清气。说的是水，其实，说的本是人，说的就是这世界。"无香"二字，使"真水"的含义升华。换言之，名言、格言大都是教人进取、催人前行的，而"真水无香"却是没有目标要去争，只是一种境界：自然、平静、清澈、淡漠无痕、空阔无边。这才是大智慧啊,沉下去品味,越发觉得深不可测。老子说过:大音希声,大象无形。最好最真的东西,总在看来最平常的事物之中,林林总总的禅书道卷,说来说去,也总脱不却"平常心"三字。与世无争,淡泊名利,也许真就是美,美就是真呢!

"真人无名",典出日本近古随笔名著《徒然草》,说是追求金钱的人生是多么愚蠢,追求地位和名声同样不智。何谓真人?指通晓了大道精微的人。书里有这样的句子:"真人,无智,无能,无功,亦无名。"这类真人的事迹,谁能知解,谁能传扬?真人无所谓聪明,无所谓品德,无所谓建功立业,更无所谓声名远扬。这样的人,并不是有意要变得大智若愚,而是已经超越贤与愚、得与失的区分,达到了更高的境界。真可谓宁可清贫自乐,不可浊言多忧。

盛名、美名如同芳香,藉此我们才能了解一些古代的人物中的佼佼者,但是那些真正大智大慧、超凡脱俗的人,却如同纯净的水,是没有香气的,更不会远近飘扬。我们永远不知道人可以做到那样的纯洁和一清至骨。可是这样的人,岂是我们可以闻得其名,得见其人的呢?我们可以仰慕、追随的，无非还是有香之物、有名之人罢了。

真水无香，我们一出发就走了反方向。纪伯伦说过：我们已经走得太远，以至于忘记了为什么而出发。可是我们不出发，也许本来就不是纯净的水，还不如求些香气，掩了浊气呢！要清洌、要透彻，是很难达到的，并且是与生俱来、不可强求的，想想真是让人感叹。感叹之后，我们才渐渐明白了平安是幸、知足是福、清心是禄、寡欲是寿。

真水无香，说到这儿，话是说透了，却也说到头了。既是高山仰止的意思，也是人至察、水至清的意思。

忽又觉得奇怪，我怎么会由"真水"联想到"真人"的呢？真水无香，真人无名，其间在时间和空间上都跨越了很远，真是遥遥相对，玄妙无极，古今中外，妙联天成。可是该用什么样的纸墨来写才妥当，谁来写才能传达出这对妙联的神韵？若是将这幅天衣无缝的妙联挂在自己的住处，是否匹配呢？恐怕任谁也要从身上生生逼挤出俗气来的，那样的话，岂不是风雅不得，反成笑柄？至此，我又悟出一个道理：有些话有些事，也许还是从来不知道的好。

生活的节奏与留白

人生活在这个世界上,什么是最宝贵的?说到底还是时间和空间。时间给人生命,空间给人自由。我们应该如何把握时空呢?说具体点,就是把握好生活的时间节奏与生活的空间"留白"。

先说节奏。不知从什么时候开始,在我们生活的路上,开始不由自主地奔跑着,跑得太快了,快得把自己的灵魂都丢失了。要么忙于追随别人,要么忙于应付自己,最终,应接不暇,自己把自己拖垮。

如今,高速运转的社会中,人们依然在追求着速度,在高速公路上狂驶,在高速铁路上飞驰,更兼互联网络……速度意味着金钱、效益,然而社会的高速运转已经带来心灵的麻痹与饥渴,当我们快得连灵魂都跟不上了,金钱和效益还有什么意义呢?

前不久，随考察团去香港，给我留下印象最深刻的，就是那里的人们迅疾的脚步和干活的节奏。他们是那么地匆忙，两只手像划船的大桨，大幅度地摆动着，竭力往前划，仿佛不走快一些，就会失去什么。我认可香港的富庶，也认可这种富庶很大程度上来自于快节奏，高效率，但是，同样富庶的澳门却与香港不太一样，澳门人都不甚急，举止慢、言语慢，说到快乐这个话题时，都是一脸温暖的笑容。

我无意贬损速度，但我以为，有些时候我们不用太急，不用太快，让自己的脚步缓下来，未必有什么重大的损失。我曾请陆康老师刻过一方闲章：养生以动，养心以静。这无非告诫自己要动静结合，把握好生活节奏。有时慢下来走走看看听听，可能会收获以往看不到、听不到的东西，才可能领略到满天星斗的灿烂，品味经典里的智慧，倾听他人真诚的心声，体会自我灵魂的呼吸，感知快乐的滋味。这些都是生活中不该忽视的珍贵之物，是我们赖以守候的文化和灵魂。

再说留白。我曾多次组织笔会，有机会观赏著名画家作画。当一页洁白的宣纸铺在案头，依照常人的心理，会设想可以画出多少景物。然而画家只是轻轻地点染几笔，留下大片大片的空白，让读画的人用想象去"画"：假如画上是几尾活泼的小鸭子，那片空白该是一汪活水；假如画上是叠嶂挺拔的峰峦，那片空白该是缭绕的云雾，如此等等，留下那么多空白，任读画的人遐思驰骋，营造似无却有的艺术效果。

这就是中国绘画艺术的奥妙之处。那么生活呢，难道不应该讲点艺术，留点空白给自己或别人，让大家都有个周旋的空间。我们有时太热衷这个"满"字了。随便一想就有"满目琳琅""满腹经纶""满堂金玉""满坑满谷""满载而归"，好像只有把生活捆成个无缝的球，永远在那里不停地滚动，这才会感到"十全十美"的"满足"。

正是因为有着这样因袭的文化心态，有的人总是把神经绷得紧紧的，在生活里不知或不肯留下哪怕一点空白。有人为了达到存折上的几位数字，竟然不计时间地去日夜拼命，没有留下休息的空白；有人想要同什么人赌一口恶气，竟然在私下里咬牙切齿地较劲儿，没有留下心情的空白；有人为了急于在职场上争得一己之利，竟然在背地里向别人伸脚使绊儿，没有留下道德的空白；有人为了寻找一时的精神刺激，竟然无日无夜地搓麻、酗酒，没有留下身体的空白。记得有位伟人说过："当我们正在为生活疲于奔命的时候，生活已经离我们而去。"

生活同样是张洁白的宣纸。谁不想作幅美丽的画？要想作好生活这幅画，首先应学会留点空白，不要把什么都填得满满的，像只膨胀的气球，说不定什么时候便会爆开。给自己留点空白，就会放松地度日，永远有享不尽的自在。给别人留点空白，就会友好地相处，永远感到缘分的可贵。生活里留下的空白越多，越会有轻松快乐的生活。你想快乐地生活吗？请学会"留点空白"的生活艺术。

把握生活的节奏，讲点生活的"留白"，应该成为当下我们的生活理念和选择，让它慢慢地成为我们的生活方式，也使我们成为时空王国里的自在之我。

弱平衡自有妙处

在这物欲横流的人世间,人生一世实在够累。很长一段时间,身边的朋友总是在抱怨工作和生活的劳累。这种劳累分为两种:一种是本身很不自信,却拼命与别人攀比竞争,最后弄得自己身心疲惫甚至两败俱伤;另外一种是由于自己很出色,于是上司把什么工作都交给你干,一年到头得到能者多劳的夸赞不少,却把时间和健康都搭了进去。如此看来,一个人似乎无论如何都难免要受苦受累,生活当真没有希望了吗?

生活中常见到病病歪歪的人,有"药罐子""半条命"之称,但却非常长寿,活到八十几不足为奇。而有些人身体强健无心脏病史,却突然传来猝死的噩耗让人惊出一身冷汗。人生无常是一回事,平衡是另一回事。

也就是说,体弱的人身体会逐渐形成另一种和谐,人如果妥善地与身体相处仍可相安无事。做人也是一样，保持一颗平常心，能够放平心态，看到自己的优点和特质，不盲目攀比竞争，不轻言放弃沉沦，大多便可以平安愉快地过完一生。像阿甘那样笨笨的性格，人生并非就不精彩。而聪明人反被聪明误的例子可谓比比皆是。

现实社会层面，我们多少会有些羡慕有权势的人，富二代、俊男美女、天才等，自觉他们的人生有一道天然的金色垫底，前景无比美妙。而更多的人相貌平平，能力一般，家世乏善可陈，这当然不乐观，但也是一种弱平衡，好处是不会一不留神就变得难堪。记得年前中央电视台派出记者随机采访，问幸福是什么？回答各式各样，比较具体务实。其实我想，幸福是自己的一种感受和感知。正如尼采说得好："幸福就是适度贫困。"这为弱平衡做了注解。很多时候真的就是这样。

当然，大多数含着金汤匙出生的人也都有着美好人生，人生没有绝对的公平和公正，这是不争的事实。然而人生的奇幻也难以预测，例如马云，甫一降生似乎并无亮瞎人眼的底牌，因为他的外貌而拒绝与他合作的人何止一二？

如此他跟弱平衡毫无关系，简直就是超人。这说明弱平衡的人也有大把机会。相对于有"才"的"不才"之人，或许在很多方面都不如有才者那样成功，但是如果能够内心淡然，保持知足常乐的心态才是淬炼心智、净化心灵的最佳途径。所以说在上帝那里，所谓的美丽人生并不是世袭的，有许多童年生长在优越环境的人，最终都经受了人生严酷的暴风骤雨；反之弱平衡的人也因为不懈努力，学会自己欣赏自己，等于有了获得快乐的金钥匙，看到了难得一见的人生彩虹。有些时候，我们失败不是因为自己的弱点，而是因为太过于炫耀自己的优点。

如此说来，强弱都不算太重要，重要的是平衡和心态。平衡是一种境界，是如一叶扁舟的个体在茫茫人海中如何与人相处和自处的技能，是除了谋生之外还要具备的令自己坦然淡定的人生观与价值观。当我们身处逆境劣势的时候，若能够保持平衡，便不会气馁、骄躁，会默默地提醒自己坚持下去，喜欢平平淡淡，向往平平淡淡，一个人真能做到一辈子心如止水，平平淡淡可谓圣贤。如果说轰轰烈烈是一种精彩，那么平平淡淡才是人生的至高境界。我们曾如此渴望命运的波澜,到最后才发现:人生最曼妙的风景,竟是内心的淡定与从容。

无用胜于有用

真正领悟"无用之用乃为大用"这个朴素又深刻的道理，是我在拜读日本散文大家吉田兼好的《徒然草》一书之后。《徒然草》日文原意是"无聊赖"，也可译"排忧遣闷录"。"徒然"在日语里是"无聊"的意思，其汉字的字面意思是"无用"。掩卷遐思，觉得"心安理得无聊"，其实这不妨是一种生活的境界，与庄子所谓"无用之用乃为大用"在精神上也是相通的。

"有用与无用"本是对立统一的关系，二者相互依存。按照常人的思路，不要一味想着有用，而忘记了无用的价值。没有"无用"，无所谓"有用"；反之亦然。读书学习，要学以致用，自然要重视有用的东西，但也不能急功近利，只讲实用主义，立竿见影；人还有精神上的要求，需要仰望星空，需要空灵和超脱，因而也要像《庄子·逍遥游》

中所强调的,重视无用之用。因为无用胜于有用,人生中最珍贵的财富不仅仅是限于有用的物质,而是洋溢在脸上的自信,溶化在血里的骨气,打造灵魂的信念,蕴藏在心中的梦想,丰盈了大脑的智慧。

问题是,对于今天的人们,尤其是年轻人来说,是不是应当"多想些无用的价值"。问题的分歧就来了,一种意见是"有用"是看得见的物质,能让学生踏上社会后解决衣食问题,获取经济独立。不忧虑学生无远大理想,无健全人格,倒担心他们过早地向往"无用"境界,忽视基本功。当今时代,未缺"无用"之思,实乏"有用"之材。另一种意见认为,这话虽然有些道理,可惜带有较大片面性,学生成材,人生成功,自然不能忽视学习"有用"的东西,然而,人不同于动物,不是活着就是一切。人还要有信仰,因为它有一种令人心安的力量。总有人这样说,先生存,后生活。可是我发现,忙完生存后,往往生活已荡然无存。

人的一生,追求成功、幸福没错,有没有衡量它的尺度呢?哲学家周国平的标准很简洁:第一,就是做自己喜欢做的事,并且能靠这个养活自己;第二,和自己喜欢的人在一起，并且让他们也感到快乐。老天给了每个人一条命、一颗心，把命照看好，就是要保护生命的单纯，珍惜平凡的生活。把心安顿好，就是要积累灵魂的财富，注重内在生活。人的一生不外乎好好做自然之子，好好做万物之灵，当我们说，有用无用不可偏废的时候，其出发点和落脚点还是在无用之用仍大用，无用胜于有用。人是万物之灵，生命本是一张由意义构成的丰富之网，需要大量对物质生活"无用"，但却富有"意义"能充实灵魂的东西。人要在"务实"中生存，更要在"务虚"中提升。那些能使精神升华的东西，虽说对物质生活无用，但却常常较"有用"的东西高贵。比如猪羊的肉可食，无疑是"有用"的东西，而龙凤是幻想的产物，对人的实际生活是"无用"的。可是龙凤是一种吉祥的象征，吻合人们的精神企求。再如，梅有果梅和花梅，果梅结果，花梅无子，只开花，供人观赏。像"疏影横斜水清浅，暗香浮动月黄昏"这样的名句，借物抒情，赞美了人应有高雅品格和悠逸情趣。这样，梅花、梅诗也就成了"无用之用"。年轻人的成长，是生存技能的成长，更是良好精神的成长和心智的成熟，是需要"更多地想些无用的价值"的。

再说，重视"无用"的价值，还在于要打破活在当下的唯利是图的心态。生活中的人们总在为顺境与逆境而焦心，总想舍苦而求乐。不能什么事情都要求物质显现的效果，而是应当"风物长宜放眼量"。活得体面不是滋润，活得光鲜也不是滋润，体面和光鲜，都叫活得风光，是给外人看的，滋润是心底的熨帖和舒展。想起米兰·昆德拉说的话，现代人认为重要的东西：汽车、别墅、权势、金钱，真的比宁静的心灵、自由的时间、温馨的情感和从容的境界更重要吗？答案不言而喻。真正的力量不会存在于瞬间的欲望中，而只会存在于绝对的平静中。生活不会抛弃任何人，只要你能把握好"有用"与"无用"的关系，从内心释放出积极向上的能量，探索符合事物发展规律之事，多作些"无用"之思，把心灵真正安顿好，算是找寻到生活的真谛。只有一种成功，那就是能够用自己的方式度过自己的一生。

第四辑

男人的担当

回忆过去,我对人生的目标或一个男人应该达成的境界,虽说指向没错,但还不够清晰。我最初的青春岁月是在崇明农场度过的。那时,"战天斗地"之后的夜晚,我常常会仰望星空,思考自己为什么而工作,或者说作为一个男人,应该做出怎样的担当立足于世呢?当时读过一篇文章,记得是马克思17岁时在一篇关于择业的文章里写道:"如果一个人仅仅为自己的幸福而活着,他的欢乐是自私的。一个真正的人应该为人类而思考,为人类而工作。后人在他的骨灰面前,才会流下高尚的眼泪。"现在看来,这种积极的世界观和人生观对我影响很大,作为一种主流价值,或换言之男人应当具有的社会责任一直鼓舞、鞭策着我走到今天。

中年过后,有了一定的经历、阅历的我,对生活、工作的理解倒是清晰、简洁多了。概言之，看一个男人是否成功或曰有所担当，就是看他一生能不能做成三件事——盖一间房，种一棵树，写一本书。

我经常与不少成功人士探讨男人的担当，觉得这三件事好像还真的是男人要去做的，盖一间房，是要成家立业，有经济实力；种一棵树，是要延续生命，有责任意识；写一本书，是要遍历人生，有生活感悟。说实话，这要求蛮高的，倘若真做到了，那这样的男人自然是成熟的男人，也自然是成功的男人，而且相当完美，不仅仅只是拥有金钱而已，物质之外还有精神。我闭起眼睛想象了一下完成这三件大事后的情景，觉得的确享受得很，真的是整个一个大男人了。

其实，这三件事勾画了一个男人所应当达到的人生目标及其境界，说普通也够普通的。身为男人，可以不给妻子儿女一个遮风挡雨的屋顶吗？可以自顾自地不对任何人负责任地生活吗？可以得过且过，混一天是一天，做一天和尚撞一天钟吗？看来都不行。虽然每一个男人的背景不同，起步不一，能力不等，但理想和担当都是差不多的，大多数男人是会努力去做这三件事的。只不过房子的面积、树木的品种、书本的厚薄可以因人而异。正因为如此,我们天天看到有那么多的男人去打拼、去努力。哪怕再难也要去做啊。说到底,这是千百年来社会对一个男人的传统的要求,做不到也不行。

但是,现在有了"NO一族"了,同样是男人,他们却说我要过不婚不生不立的"三不"生活!乍一听,我有点头晕,这样的人有男人的特质吗?有男人的担当吗?

但也会有人辩解道,千百年来的"单向度男人"应该终结了,"一个男人为什么不可以像蜡笔小新一样长不大?"这样的诘问真把我问倒了。想想也是,何必要花那么多力气去做啥劳什子事,就做单身寄生虫好了,啃啃老人,看看卡通,打打游戏,养养小狗,面临危难的时候撒撒娇。可这是男人吗?单向度也好,多向度也好,关键词还是"男人"。我想象不出一个男人怎么可以如此理直气壮地游手好闲,可以如此不知羞耻地向父母伸手。

这真是一个充满颠覆的时代,颠覆到已经可以这样做男人了。这实在是一种比较消极自私的人生观,因为人生在世,除了享受,还有责任;除了索取,还有付出;除了物质,还有精神。我们不能只为自己的幸福而活,至少也要为后代的幸福、为社会的繁荣创造点财富。时至今日,虽然个体的人生选择应该得到尊重,但这并不意味着个人就可以理直气壮地逃避作为地球村居民应有的责任。男人应该做什么,应该有怎样的担当。杨绛说过:"简朴的生活,高贵的灵魂是人生的至高境界。"无论现实如何,男人不能放弃梦想,更不应该放弃担当。白天用现实去追赶梦想,夜晚用梦想为现实引路,努力做到:盖好一间房,种好一棵树,写好一本书。

女人的教养

一个女人可以不漂亮、不美丽，甚至也可以缺少点知性，但是不能没有教养，教养是一种潜在的品质，也不会多么直接地吸引人的眼光，但是，对凡尘中的我们来说，生活需要女人有教养，家庭需要女人有教养。

不过，在男人眼里，对女人的漂亮是有着多种不同定义的，有的人喜欢外形靓丽，会被女人外表的漂亮所陶醉；而有的人却比较看重内心的善良，会被女人善良的本性所折服；还有的人认为女人的漂亮是不能当饭吃的，会比较注意女人自尊自强自立。不管怎么说，男人通常都喜欢有气质且善良的女人。

什么是教养呢？教养不是随心所欲，唯我独尊；是善待他人，善待自己，认真地关注他人，真诚地倾听他人，真实地感受他人。英国思想家洛克说过，教养有赖于两件事，其一是"从心底保持一种不去侵犯别人的心思。"其二是"要学会表达那种心思的最为人接受、最为人喜悦的方式。"尊重他人，就是尊重自己。真正的教养来源于一颗热爱自己、热爱他人的心灵。"己所不欲，勿施于人"是对教养的最好诠释。女性的教养、女性的魅力是需要用心体会和感悟的，它是女人修炼的结果。通过不断的修炼，每个女人都可以今天比昨天，明天比今天更有魅力。

富有教养，同样也是女人吸引男人的美丽风景。它会随着岁月的增加、心灵的净化而日益显示出它的光华。有一种说法为："不美丽是女人绝对不可以容忍的事情，但没有教养绝对是男人不可以容忍的事情。"许多女人看上去十分靓丽，但她们却行为粗鲁，往往使人望而却步，或者心生厌恶；相反，那些相貌平平，但言谈和举止上富有教养的女人常常能赢得男人的心。

女人喜欢美容打扮自己，无可厚非。但美容从心开始。有爱心和善良的女人，往往从内而外散发出一种光芒，让人喜欢与其接触，让人觉得如沐春风。相反的，物质的和自私的女人，即使侥幸生得姣好的容貌，稍多接触也会毫无吸引力，招人反感。美容从心开始，才是根本所在。心中光明，才能荣华于外。

有教养的女人静若幽兰，芬芳四溢。时间可以扫去女人的红颜，但它却扫不去女人经过岁月的积淀而焕发出来的沉静和忧郁的美丽。这份美丽就是女人经过洗礼而成就的修养与智慧，就像秋天里弥漫的果香一样，由内而外地散发出来。

有教养的女人像潺潺流水，让周围的人被浸润。修养是一种人生体验到极致的感悟，是人生感悟极致的平静，那是一种更为简单纯净的心态，不会随着岁月的流逝而渐失光泽，而会愈发耀眼迷人。智慧是美丽不可或缺的养分，智慧之于女人是博爱与仁心，是充满自信的干练，是情感的丰盈与独立，是不苛刻的审度万物，更是懂得在得到与失去之间慧心的平衡，修养沉淀的女人让美丽在不同的年龄段显现出不同的状态，一生散发着无穷的魅力，女人，应该是一条永远亮丽的风景线。

女性教养的程度的高低是衡量整个社会文明教养程度

的一个重要标杆,因为女人是母亲,是女人养育了所有的人,是女人把我们带到这个世界。一个国家,一个民族,有什么样的女人,才会有什么样的男人。一位西方哲学家说,女人决定男人的品位。一个男人有品位,只是他自己有品位,一个女人有品位,她周围的男人都跟着有品位。好女人是一个民族传承的天使。天下所有的母亲都希望自己的孩子成为一个有教养的人,成为一个受人尊敬的人。而如果母亲教养缺失孩子会有教养吗?

男人通常尊敬那些富有教养和内涵的女人,并且常常试图和她们接近,保持某种亲密状态,并且以此为荣,而且依恋、迷恋于这种关系。如果条件允许,能把这样的女人娶回家,共度一生,将是他们的人生梦想之一。男人眼中的漂亮女人不一定要有靓丽的外形,心地善良同样也是女人吸引男人的美丽风景。

女人的自信是骨子里透露出来的一种气质,也是一种犹如闲云野鹤般自在的修养,它永远不会因为外界的刺激而炫耀自己,也不会因为外界的诋毁而掩饰自己。自信,其实是一种最真实的有教养的表现。

总之，女人的教养最后达成的形象是什么？我以为，应该是根植于内心的修养，以自信为前提的气质，无需提醒的宽容，为别人着想的善良。

有时候,别太在意自己

人生无常,起落跌宕的无常,才是人生的正常状态。生命里的生老病死,职场上的去留宠辱,都在不同层面上包含着各种各样的完美和缺陷。甜美到来的时候,我们可以拥抱它;缺陷到来的时候,我们也一样可以拥抱它。但我们不必一直沉浸在甜美里,就如我们也不必一直沉浸在缺陷里一样。

人生并非每个阶段或每个角落都是一片光明的,有些地方很亮,有些角落很暗,有的部分道路通畅,有些拐角就如迷宫,整个人生过程就是由生至死一直在不停探索、不停理解、不停接受、再不停放开一切,一步步往终极走去。无论是帝王,还是乞丐,来的时候什么都没有,去的时候也什么都没有。一切该有的,都在一次次的拥抱和一次次的放开里经过了,那已经就是完整。

理解人生的意义，需要一点感悟和智慧。人生是一个漫长的过程，什么事情都可能发生。有时候，别太在意自己。这句话真的让我超脱了不少。就如生命不可挑食一样，你不能只要黄莺的歌唱就制止乌鸦的叫嚣，你不能因为受过一种叫"美好"的教育就自以为是地不断对生命讨价还价。生命是每人一整盘地端上来的，你不能挑食。

也许两个星期前的一次会议中你失态了；也许你未到年龄从领导岗位上退下来了；也许在工会组织的知识竞赛中你落个倒数第二；也许是新发型设计师毁了你的头发，也许这些事都发生过，但发生了又怎么样？不把自己看得太重，其实是一种修养，一种风度，一种高尚的境界，一种达观的处世姿态。

不管你是谁，你做了什么，你都可能对自己的挫折过度在意，倒不如放轻松些，置之一笑，多微笑，让别人看见你美丽的容颜。

心情开朗的好处不少，你若能自我解嘲，就有克服障碍的能力，并能迅速从失意中复元；能发泄闷气，而自尊也能相对提升，别人会更喜欢你。

但如果你坚持非常在意自己，那么你就注定要受生活的高度压迫了。美国埃默里大学教授马克·鲍尔莱因说过："一个人成熟的标志之一，就是明白每天发生在自己身上99%的事情，对于别人而言没有任何意义。"我这才释然并醒悟。人们实在没有必要在意别人的评判议论，因为根本没有旁人注意。

没有人能全然不在意自己，就连美国幽默专家米茨博士也不例外。他说："我的办公室墙上有面镜子，上课前我都会对着它梳头发，在镜子下面有一行小字写着'别太在意这个人'。"

作为一个普通人，我们有时会以自我为中心，有各种虚荣心。如果对自己很满意，就能很快乐地做自己，但我们往往太在意自己。有时候我们也得承认，手边的事并不是世上最重要的。

哲学大师黑格尔曾在海德堡大学演讲词中感叹当时的世道：时代的艰苦使人对于日常生活中的平淡琐屑予以太

大的重视,追逐现实利益的动机曾经大大地占据了精神生活的全部,使得人们没有自由的心情去理会那较高的内心生活和较纯洁的精神活力,以致许多较优秀的人才都为这种艰苦环境所束缚,并且部分地牺牲在里面。

是的,我们应该偶尔停下匆匆的生活脚步,有时候不要太在意自己的所作所为,而应该给精神生活以更多的关注。毫无疑问,如果没有身心放松的合理的精神追求,没有文化自觉,人在进退失据的状态下必然身心扭曲,问题丛生。就个人而言,我们应该在心灵层面实现内心的平和丰富,面对诱惑超然,面对挫折泰然,面对过于复杂和紧张的世界,重新寻找与真正重要的东西建立联系的方法。真的,有时候,别太在意自己。似乎带给我们最大快乐的,正是家庭、朋友和大自然的美丽。

生与死的哲学思考

思考生命,便要坦然面对生与死的生命现象。我们的头脑并不会时常出现与死亡相关的恐怖念头,但是当我们最终还是不得不面对早晚都有一死的现实时,我们会通过充满期待的举止捍卫自己的世界观来保护自己。

思考生命的意义,让我懂得:生命是一棵树,每个人都是生命之树上的一片叶子,有朝一日,绿叶会悄然枯萎,离开生命的枝干,甚至无所归依。然而,在尽情享受大自然恩赐的乳汁时,在生命绿叶即将褪色之前,除了尽情展示生命的原色,舒展生命的活力之外,还能追求什么呢?生命是脆弱的,然而,生命又是顽强的。生命之树永远茂密,因为,每一片叶子都在顽强的珍爱着自己的生命,也是在延续着大自然的生命和人类的希望。

面对生与死,对于死神的无情威胁和盛气凌人,许多人都不能坦然面对,当然包括我自己。对生命终结的惶恐与伤痛,总是无可避免地在平静的心灵港湾拉响刺耳惊人的杂音,甚至这种杂音会淹没灵魂深处的很多向往与追求。在许多人看来,佛教中关于超度、轮回等等,也许只能是虚幻色彩的自我慰藉。

死亡是生命中的角色。死亡到来之前的生活:终有一死的念头会影响生者的想法。死亡就像一幅漆黑的序幕挡在人生的面前,我们尚无法让目光越过这道坎,我也非常认同加缪对于荒谬人生的态度,正是人生没有意义,我们才要在活动中为人生创造意义,选择意义。人生荒谬无意义的本质并不影响我们对幸福的追寻。相反,认识这种本质,可能使我们能够更加坦然面对惨淡的人生,或解脱或觉悟……从每一粒尘埃,从每一瞬间,从每一条思绪中获得自己选择的幸福。

死对于哲学的深思到底在何处?这要从死对于人生的意义谈起。人不必执著于生,不必伤感于死,死是生命的另一种延续。人类个体的生命是一个有终点的历程,终点就是死亡。作为有自我意识的个体,在他具备反思自身生命的能力之时起,就意识到了自己必死的命运,人是唯一知道自己必死的生物。死仍是生命活动最具深刻意义的时刻,在死亡面前保存下来,经得起死亡检验的东西,才是生命活动真正完成的东西。人们在临死一刻想到的必然是他一生最珍视或最引以为戒的东西。费尔巴哈说过:"死本身不是别的,而是生命的最后表露,是完成了的生命。"狄尔泰也说,"从生到死,这一点最深刻而普遍地规定了我们对此在的感受。这是因为那由死而来的生存的界限,对于我们对生的理解与评价,总是具有决定性的意义。"

正因为如此,死亡意识和死的恐惧促使人们超越经验的、日常的、短暂的和琐碎的此岸世界而升向永恒、超验、终极的彼岸。正是为了超越死,所以人类一切文明创造物都具有不死(永恒)的特点,都源自死亡焦虑和不死渴望。人的生命的时间性决定了他必死的宿命,而他的创造物却可以间接地标明他的不朽。

人步入老年后,常常会陷入自渐形秽的境地,因为身体各种器官的衰退、白发、皱纹、皮肤的松弛。老是走向死亡的阶梯,但年轻也是临终一跃前长长的助跑。五十步笑百步，不必有过多的惆怅或者优越。死亡是生命最后的成长过程，有如银粉色的西红柿被摘下后，在夕阳中渐渐地蔓延成浓烈的红色。当你看透生死，懂得舍取，你就会一直生活在喜悦里，像个孩子似的无忧无虑。

不幸的是有些人并未充分了解这些关于死亡和临终真相的意义。有的因恐惧而拒绝正视死亡，有的将死亡当作一种荣耀或使之浪漫化，都是视死亡为儿戏。无论对死亡感到绝望还是陶醉，都是一种逃避。死亡即不会令人沮丧，也不会令人兴奋，它只是生命的事实。

为了超越生与死的对质以及荒谬的压力，我们有三条路可走：一是以更完整更深刻的认识，找出问题的焦点，也就是从各方面环顾死亡，由此辨明生命的特质与人生的意义。二是尝试从荒谬处境中推展出"我的反抗、我的自由、我的热情"，再引申为"发展尊严、勇于创新、乐于爱人"这些积极的人生态度。三是以超越的眼光，整合自己的生命。一方面活在当下，同时又不忘记生命起源与终结，认同人类自古以来的命运，接受生死与荒谬的考验，但是决不轻易屈服，而撑过任何一段黑暗的低潮，在心中孕育属于自己的希望，在舞台上扮演自己满意的角色。

生命的境界应该是自我的充分体现，精神与物质的完美结合，还有个人修为的浓厚沉淀。"快乐地生活，有尊严地死去"，95岁时离世的印度瑜伽大师艾扬格兑现了他的人生信条。摩西奶奶对我们说，"人生并不容易，当年华渐长，色衰体弱，我希望你们回顾一生，会因自己真切地活过而感到坦然，淡定从容地过好余生，直至面对死亡。"

内心的落点

几年前,我去了北欧三国瑞典、挪威、冰岛考察。所到之处,清新的生态环境,安逸的富足生活令人羡慕不已。不经意间,随行向导告诉我们,这里有不少抑郁症患者,且自杀人数超出人们的想象,但是自杀的原因不是因为贫困、疾病和压力,这倒令人百思不得其解,并且一直引起我对人类生命的思索。

每个人都拥有生命,但并非每个人都懂得生命。不珍惜生命,不了解生命的人,生命对他来说,搞不好会是一种惩罚。无论什么人,无论他的生活状态怎么样,他的内心都是要有落点的,即落在某一个目标上,否则他就会茫然失措。而人的许多苦恼,实际上也是因为人生落点的消失和转移,尤其是在前一个落点消失,后一个落点还没有出现时,人便会感到异常的焦虑。这就是为什么有些人的生活很安逸，却会感到某种说不出、道不明的苦恼，有的人甚至步入抑郁症的泥潭而不能自拔，更有甚者终止了自己宝贵的生命。

记得有一年冬季登雪山，导游告诉我，如果人在茫茫的雪地上行走半天，就会有患雪盲症的危险。人们戴上挡住强光的墨镜，仍无济于事，患上雪盲症的人仍然很多。后来谜底揭开，原来雪盲症并不是雪地上的强烈反光所致，而是因为雪地上空无一物的视界所造成。研究表明，人的眼睛，原来是需要从一个落点到另一个落点的不断转换。如果它在一定的时间里寻找不到一个可以参照的落点，它会因为焦虑、疲劳和迷茫而失明。事实证明，眼睛总是要看到些什么物体才行的。

而人的心和眼一样，是需要不断找到落点的，否则就会因为不适而生病。许多人在人生的选择或命运的转换中，之所以感到焦虑与不适，皆是因为内心的空泛和茫然。一些从工作岗位上退下来的人，身心之所以出现疾病，原因也是因为人生突然失去了落点所致。可见，一个人内心失去落点是极为危险和可怕的事。

人生不能没有希望，我们的一颗心，无论何时何地都是要有落点的。短暂也好，长久也罢，人，什么时候都要鼓起勇气，去寻找内心的落点。人们觉得不幸福，往往是因为想过别人的生活，这话不无道理，追求更好的生活是人的正当权利，无可非议，但对生活的追求，只能以现实的生活为基础。一切以不失去人生的希望和目标为根本，快乐时知道这快乐不是永恒的，痛苦时要相信这痛苦也不是永恒的。时间总会过去，带走所有的快乐与烦恼，一切快乐都会有尽头，一切烦恼都是自寻的。珍惜生命才是人生的现实出发点和落脚点。这个世界不只有眼前的苟且，还有诗与远方。

面对现实，反而有可能超越现实。有时会有超出预期的让你惊喜的事情，带着远大于想象的偶然性，像是一个谜。这种可能性是存在的，但是不可预期，更不能等待，我们能指望的只能是自己脚踏实地地努力。人生的旅途也许天马行空，但岁月留下的只能是我们自己的体温。感谢生活，为我所拥有的；感谢生活，也为我所没有的。沃伦·巴菲特说过："最幸福的人不一定拥有所有最好的东西，他们只是享受人生遇到的东西。"只要希望尚存,只要内心有落点,一切的一切都会好起来,生命每时每刻都会显现出它强大的本质力量。

掌好人生之舵

如果说轰轰烈烈是一种精彩,那么平平淡淡才是人生的至高境界。

上苍不会让所有幸福集中到某个人身上,得到爱情未必拥有金钱;拥有金钱未必得到快乐;得到快乐未必拥有健康;拥有健康未必一切都会如愿以偿。保持知足常乐的心态才是淬炼心智、净化心灵的最佳途径。一切快乐的享受都属于精神,这种快乐把忍受变为享受,是精神对于物质的胜利,这便是人生哲学。

生活有时候风平浪静、波澜不惊;有时候乌云密布、波涛汹涌。虽然有时大浪似乎要将你吞没,但转眼新的一天又充满了阳光和温暖。

我们航行在这片人生的海洋上,开的是小船,但要进行的却是壮丽的船程。要到达成功和幸福的彼岸，你会经历各种"气候环境"：或激情澎湃，或消沉沮丧，或道德考验，或经济选择。而你需要做的，就是掌握好自己的人生之舵。

但是船舵在你手里，只在你手里。航行人海中，身体有时会出些小毛病，就像我们的小船遇到风雨而颠簸或倾斜，这时我们应该吃药，调理生活节奏，如同及时调整船儿的方向和马力。航行人海中，我们还会碰到一些不顺心的事情，令人悲伤或沮丧。我们自己会犯错误。当你在生活中遇到好斗或难缠的人，原谅他们并远离他们。你要相信，你的目标在远方的彼岸，你可以停靠的只有安全的港湾。

到达幸福的彼岸靠你自己，只有你自己，并取决于你怎样掌握人生之舵。怀着这样美好的期待，我们不要一再犹犹豫豫，有意无意地推迟它的到来。否则，我们会发现，不知在什么时候，我们已经把它遗失了。我们在心底深处怀着美好的憧憬，但现实中更多的是在无关紧要的地方，蹉跎着岁月，浪费着精力，消耗着热情，而把美好的东西作为一种遥远的星光……

生活有时会一塌糊涂。你存心做一个与世无争的老实人吧，人家就利用你欺侮你；你稍有才德品貌，人家就嫉妒你排挤你；你大度退让，人家就侵犯你损害你。你要不与人争，就得与世无求，还要维持实力准备斗争。你要和别人和平共处，就先得和他们周旋，还得准备随时吃亏。

但在心底深处，我们依旧封存着，珍藏着一些美好的东西，心灵的东西。它是我们"得过且过"人生的一种支柱，一种精神底色。那些美好的，偶然的机会一闪，不知为什么，我们总是反应迟钝，我们朦朦胧胧地感到一种隐隐约约的神秘和纯洁，却要极力地抵制它，否定它，排斥它。也许，对于美好的东西我们总是缺乏勇气，迎接的勇气？我们常常眼睁睁地看着在远处远远地闪烁，发出美妙的若即若离的光芒，而没有勇气走进它。

我们在生活里通常会遇到类似的问题："如果你再活一次……"大部分人的经验都是充满遗憾的，希望来生能够弥补（如果真有来生的话），极乐世界或者天堂正因为这种弥补而得以形成。只有极少数的人知道，下一世是渺茫的寄托，不如从此刻做起。这些人使我们知道世界有更活泼的风景,等待着我们去航行,去欣赏。

我们的生命是由许多片刻组成的,但是我们容易在青少年时代活在未来,在中老年时代沦陷于过去。真正融入片刻,天真无伪生活的只有童年时代了。活在当下,活在眼前,活在现成的世界。我们来看看印度修行者奥修怎么说:"你不要等到下次,抓住这个片刻,这是唯一存在的时间,没有其他时间。即便你是85岁,你也可以开始生活,当你是85岁,你还会有什么损失吗?"

由此,生活的智慧告诉我们:掌好人生之舵,关键要有归于平淡的心态,活在当下。

心灵清闲

向着高贵而写生

马尚龙

这是一件既不敢接受、又无力推辞的事情。贵生兄嘱我写序时,我的第一反应便是如此。写序者,当是德高望重,有足够的气场,我不是。写序者也当是写书者近距离的朋友,不仅知悉写书者的文章,还知道写书者的为人处世,知道写书者的爱好品位,甚至知道写书者性格的豪爽或是委婉,语气凝重或是飘逸……我恰是。尤其是,贵生兄太知道我是一个认真的人,是一定会把书中每一篇文章细细读完之后才会落笔的人,他抬爱于我,信任于我,于是为本书写序,我就在不敢接受无力推辞的不经意间欣然起来。

我一直读贵生兄的文章，也一直试着从他的文章中读他这个人，也试着从他这个人读他的文章。我常常想，像贵生兄，应该是没有很充足的理由写文章的。文章是什么？是宁静致远，淡泊明志，最起码需要在电脑前坐得下来，静得下来，方能在文字海中想入非非。在中国的传统文化中，写文章，俗称"爬格子"，雅称"笔耕"，爬和耕点出了写文章的清苦，耗时且耗脑力。贵生兄20年前便是机关的处级干部，大大小小的会已经占据了很大的磁盘空间，还会有更多的事务性工作，还有自己的生活空间，这么一种生活工作节奏，常常连看人家文章的时间都是奢侈，自己写文章，若非是有强烈的写作冲动，几乎就是不可思议的事情。甚至，当下越是做领导的，越是忙碌在送往迎来、觥筹交错，比起爬格子的爬，笔耕的耕，轻歌曼舞当然心旷神怡。贵生兄却是更乐意在自己的快节奏工作中留白，并且,他写的恰恰是宁静致远淡泊明志的文章。在此书开篇中,他用比兴的手法写道:"小溪舍弃平坦,是为了回归大海的豪迈,黄叶舍弃树干,是为了期待春天的葱郁,蜡烛舍弃完美的躯干,才能拥有一世光明,心情舍弃凡俗的喧嚣,才会拥有一片宁静。"他是舍弃了诸多的喧嚣,才得以在电脑前淡然而坐,信马由缰。

事实并不如此。贵生兄不是舍弃了凡俗的喧嚣来写文章,而是他舍弃不了写文章的情趣,才无意于凡俗的喧嚣。他是一个念过大学中文系的人,他这个年纪的中文系学生,一定是文学青年,一定有过作家的梦想。果不其然,擅长理性思维的贵生兄,年轻时曾经醉心于现代文学当代文学的研究,他写过《郁达夫和郭沫若早期"自我小说"抒情艺术比较谈》,他还写过《舒婷诗歌的意象叠加浅谈》……他还当过中学语文老师,探讨过语文教学的美感陶冶作用。

他还是一本杂志的主编，审读文章是他的职业。于是就可以想明白贵生兄和写文章的关系：写文章是一个叫做高贵生的男人的个人爱好，不让他写文章，他才坐卧不安呢。他也确实就是这样作自画像的：工作之余，唯靠读书、思考、写字打发光阴，未敢失去书生本分。

　　贵生兄是把写文章看得很重的人，却又并不计较文章的名利，更多的是在为自己的心情而写，为自己的情趣而写，为自己的雅玩而写。他是真的把写文章当做了节奏中的留白，他也是真的在留白中留下了他对生活的记忆和想象，对艺术的追崇与接近，对自己的叩问与催发，对工作的感慨与梳理。正是这样，贵生兄的文章才显出浓浓的暖色调。当文章的名利越来越淡薄的时候，淡泊明志倒是凸现了出来。尤其是他直抒胸臆的文章，虽然有一些来自于他作为主编撰写的随笔，但是没有命题文章的痕迹，没有赶鸭式的急就章，没有功利的目的，没有应景文章的腻，没有拍案而起的火，没有自叹不如的酸，而真是"随心所欲"。文章写到随心所欲是一个人的写作状态，也是一个人的生活状态乃至生活境界。至于他的有关工作管理上的文章，很是严谨，在正面反映的是他团队管理的理念，从侧面显示的是贵生兄写文章的游刃有余。

贵生兄是一个很有生活情趣和艺术追求的人，第一次与他相识，我几乎是以确认的口气问：在部队里待过？明显的，贵生兄有军人的气质，从他的五官上似乎就能够读到军人的仪表，并且豪爽干练专注。以往我常常如此对别人相面，屡试不爽，贵生兄却摇头。后来知悉了他的经历，读过书，务过农，做过工，教过书——工农兵学，他已占了四分之三，并且还有很多年的机关工作经历，和大熔炉也没有很大的差别，在我的眼里，他就是军人，只是没有服役过。他专注写文章，也专注艺术追求和艺术品的把玩。我以为，他是把这一切都当做必须的留白。我很在意书中这一篇文章，《生活的节奏与留白》，更在意他将节奏与留白作为本书的书名。留白本是个美学词汇，是指书画艺术创作中为使整个作品画面、章法更为协调精美而有意留下相应的空白。没有节奏的留白是苍白，没有留白的节奏是杂乱。贵生兄将留白生活化，同时将生活化的留白作为高节奏生活的必须，这是一种生活态度，又何尝不是一种美学态度？

具有美学意义的生活态度，无疑是高贵的。高贵是愿景，那也就是期待。贵生兄以为，一个男人的担当有三件事情，盖一间房，是要成家立业，种一棵树，是要延续生命，写一本书，是要遍历人生，有生活感悟。如果说盖房是物质，种树是生命，写书就是精神——精神是最高贵的。高贵生的名字恰恰巧合了他的生活态度,那就是,向着高贵而写生。写生不是绘画吗?容我并不很牵强地从绘画穿越到文字,写生,就是写生活。

是为序。

(作者系著名作家、《现代家庭》杂志主编)

图书在版编目（CIP）数据

心灵清闲：高贵生散文精选 / 高贵生著 . -- 上海：上海文化出版社，2017.10

ISBN 978-7-5535-0890-0

Ⅰ.①心　Ⅱ.①高　Ⅲ.①散文集－中国－当代　Ⅳ.① I267

中国版本图书馆 CIP 数据核字 (2017) 第 242995 号

发 行 人：冯　杰
出 版 人：姜逸青
责任编辑：金　嵘
整体设计：金　嵘

书　　名：心灵清闲——高贵生散文精选
作　　者：高贵生
出　　版：上海世纪出版集团　上海文化出版社
地　　址：上海市绍兴路 7 号　200020
发　　行：上海世纪出版股份有限公司发行中心
　　　　　上海福建中路 193 号　200001　www.ewen.co
印　　刷：苏州市越洋印刷有限公司
开　　本：889×1194　1/32
印　　张：5
印　　次：2017 年 10 月第一版　2017 年 10 月第一次印刷
国际书号：ISBN 978-7-5535-0890-0 / I.284
定　　价：25.00 元
告 读 者：如发现本书有质量问题请与印刷厂质量科联系 0512-68180628